三浦しをん

ぐるぐる♡博物館

実業之日本社

実業之日本社文庫

ぐるぐる♡博物館

目次

はじめに

博物館が好きだ。旅先で博物館を発見したら、とりあえず入ってみる。

「博物館」と一口に言っても、内容はさまざまだ。公立、私設。歴史系、自然系、文化・風習系、なにかひとつの事物に特化した系などなど。展示物の見せかたもいろいろで、映像や音楽をふんだんに使っている博物館もあれば、説明が手書きで紙も黄ばみ、展示ケースの隅でハエが死んでたりする博物館もある。

いずれにせよ、「なにを」「どんな目的で」「どんなふうに」見せるか、どの博物館も工夫を凝《こ》らしている。つまり、テーマとアプローチがわりと明確かつ明快なぶん、それぞれの個性が出やすいのだ。そこが楽しい。独自の切り口で集めた収蔵品を、自由な（ときに奔放ですらある）観点に基づいて展示し、来館者に驚きや発見をもたらしてくれる。博物館は私にとって、胸躍るテーマパークだ。

そこで、各地の博物館を訪ね、その様子や魅力をレポートしてみることにした。選択の基準は、「個人的な興味のおもむくまま」だ！　大声で言い切ったが、つまるところ「勝手な自分基準」なわけで恐縮です。なるべくいろんなジャンルになるよう心がけつつ、「おもしろそうだな」と思った博物館へ行った。

取材の際は、各館の学芸員さんや担当のかたに案内を請うた。通常、博物館を見る際に案内がつくことはないので（「ガイドツアー」などに参加した場合を除いて）、「こんな贅沢《ぜいたく》な体験をさせてもらっていいのか」とありがたさに震えたが、「これも博物館の魅力を伝えるため」と遠慮をかなぐり捨て、質問を繰りだした。しばしば、遠慮をかなぐり捨てすぎて、博物館に全然関係ない質問までしてしまった気もするが……。

本書をお読みになって、「こういう博物館があるのか」「こういうひとたちが、思いをこめて博物館を運営してるのか」と、博物館に興味を持っていただければ、とてもうれしいです。

それでは、はじまります。いろんな博物館へ、ぐるぐる行ってみよう－！

この本で紹介した博物館の展示内容、人物の肩書きは取材当時のもので、現況とは異なる場合があります。各章の最後に掲載した博物館のデータは、二〇二〇年八月現在のものです。お出かけの際は最新情報をご確認ください。（編集部）

章末の○印部分は、単行本時の追記です。取材当時と状況が変わった点などについては、「文庫追記」としてできるかぎり各章末に補足しました。そちらは◎印をつけました。（著者）

ぐるぐる♡博物館
SHION MIURA
三浦しをん
GURU GURU ♥ MUSEUM

第1館 茅野市尖石縄文考古館

私たちはつながっている

二〇一三年七月下旬、いよいよ博物館探訪のはじまりだ。初回はどんな博物館がいいかなと考え、長野県茅野《ちの》市の「尖石《とがりいし》縄文考古館」へ行くことにした。いまから約五千年前、日本列島ではどんなひとたちが、どういう生活を送っていたのだろうか……。

と言いつつ内心では、「まあ、土器だよな」と予想する。いまとなっては縄文時代ぐらい昔のことに思えるが、学生のころ、日本史の教科書に「縄文式土器」の写真が載っていた。弥生式土器に比べて装飾的で、ダイナミックなデザインが特徴、とかなんとか書いてあった気がする。

いくらダイナミックといえども、所詮《しょせん》は土器。まさに「土色」の、地味な展示内容なのではと危惧《きぐ》していたのだが、ぜんっぜんちがいました！

いや、たしかに展示物の中心は土器だった。しかし、質量ともにすごい！　どこを見ても土器土器土器土器！　たまに石棒《せきぼう》（男性器を模した石の棒）！　土器がまた、六十センチ以上もある大型のものや、デザインが凝《こ》りに凝っているものなど多種多様で、見ていて飽きない。「ほえー」と感嘆し、じっくりと館内をまわった。

尖石縄文考古館に入って最初の部屋は、尖石遺跡のあらましと、この遺跡を発掘した宮坂英弌《みやさかふさかず》氏（一八八七〜一九七五）の紹介コーナーだ。

付近では以前から、開墾の際などに地面を掘ると、土器やらなんやらが出てきた。だが、明治になるまで、日本には「考古学」という学問がなかった。そのため、地中から土器のかけらが出てきても、「なんじゃこりゃ。古い時代のものっぽいが……」という程度で、本格的な調査はもちろん行われていなかった。

出土品に興味を持ち、精力的に発掘しまくったのが宮坂氏だ。小学校の先生だった宮坂氏は、独学で考古学を勉強し、昭和のはじめから戦後にかけて、すべてをなげうって発掘と詳細な調査にあたった。「すべてをなげうって」というのは誇張ではない。小学校の授業が終わると、発掘せんとすっ飛んでいった。夏休みは朝から晩まで掘った。冬休みは雪が降り地面が凍ってしまうので、出土した土器の整理と記録に没頭した。

宮坂氏の自宅の濡《ぬ》れ縁《えん》を撮った写真を見ると、大量の土器で埋めつくされ、障子は破れている。お給料の大半を発掘費用にまわしたため、一家は赤貧生活だった。それでも家族は宮坂氏に協力し、発掘を手伝った。戦後の食糧事情が悪い時期に、奥さんとご子息の一人が栄養失調で亡くなるという悲劇もあった。

宮坂氏は、土器が見つかるとうれしくてたまらず、奥さんに見せびらかしていたそうだ。つまりは土器に魅せられた「変人」なのだが、偉人であるのもたしかだ。大切な家族を失い、宮坂氏の悲しみと落胆は深かったけれど、それでも黙々と発掘をつづけた。そのおかげで、尖石遺跡は「発見」された。約五千年前、八ヶ岳《やつがたけ》の麓《ふもと》に集落があり、豊饒《ほうじょう》な「縄文文化」が花開いていたことが、宮坂氏の発掘調査によってはじめてわかったのだ。

宮坂氏の紹介コーナーには、彼が使っていたお手製の発掘道具も展示されている。そのうちのひとつは、三十センチの竹定規の側面に、等間隔で穴を貫通させ、そこに三十センチほどの串《くし》を刺したものだ。竹定規の両側面から、びっしりと串が飛びでた形で、巨大ムカデのようである。立体物を測量するのに使ったのかなと推測したが（たとえば、この定規を土器にあてると、串がカーブに沿って引っこんだり出っ張ったりするはずだ）、詳細は謎だった。

土器にドキドキ！（オヤジギャグ）　圧倒的迫力で来館者をお出迎え

謎の器具を手づくりする宮坂氏の情熱に胸打たれていたら、小学生の女の子とおばあさんの会話が耳に入ってきた。夏休みの時期だったので、館内には家族連れや学生の団体客が大勢いたのだ。小学生の女の子も、おばあさんの家に遊びにきて、近所の考古館に見学にやってきたらしかった。

宮坂氏の苦難に満ちた発掘の軌跡と業績について、おばあさんは孫娘に熱心に説明していた。地元のひとのあいだで、宮坂氏はいまも尊敬と親しみをもって語られているようだ。女の子も土器や遺跡に興味があるらしく、おばあさんの説明に耳を傾け、いろいろと質問を発する。ほほえましい光景である。

しかし、突如として室内に緊張が走った。女の子が石棒を指し、

「あれはなに？」

と尋ねたのだ。一瞬の沈黙が落ちた。はたしておばあさんがなんと答えるのか、私は横目で様子をうかがった。おばあさんは重々しく言った。

「男性の……性器よ」

そりゃそうなんだけど、答えかたが重厚すぎる。「あれは……葬列よ」ぐらい、沈鬱《ちんうつ》で厳《おごそ》かな調子であった。女の子も気圧《けお》されたのか、

「ふ、ふうん……？」

発掘について子どもたちにレクチャーする宮坂氏

宮坂氏のおうちで日なたぼっこする(?)土器

と、めずらしくにぶい反応だった。「チン×よ」とずばり言ったほうが伝わりやすかったのではないかと、端《はた》で聞いていて噴きだしそうになった。ちなみに考古館には、女性器っぽい形状の石製の出土品もあった。縄文時代の遺物を見るにあたっては、教育上、緊張を強いられる局面がいっぱいだ。

いよいよ、大量の土器が展示された広い部屋へ入る。「土器攻撃」とでも言おうか、大変な質と量に圧倒される。手づくりだから当然だが、ひとつとして同じものはない。花かリボンみたいな飾りが縁《ふち》についていて、メルヘンチックなもの。胴はすっきりした形で、口の部分が大きく開いた、繊細な模様が施された薄手のもの。取っ手がかわいい顔になっているもの。大きさも形もデザインも、本当に多様だ。

「あれは花瓶として、こっちは傘立てとして使えそう」と、欲しくなって困る。

土器だけではなく、土偶《どぐう》もたくさん展示されている。超豊満体形の「縄文のビーナス」(国宝!)、逆三角形の仮面をつけた「仮面の女神」(こちらも、二〇一四年に国宝に指定された!)など、それこそ教科書に載ってる級のお宝を見ることができる。なめらかでふくよかなフォルムを眺めていると、「もしかして私の体形にも、『美』を醸《かも》しだす余地があるのかも」とうっかり思われてくる。

「下手な土器や土偶」コーナーもあるのがおもしろい。「これは子どもが作ったのか？」と思うほど、掛け値なしに下手だ。大昔から、美的センスに欠け、手先が不器用なひとはいたんだなと、親近感を覚える。もしかしたら、土器を作る大人のかたわらで、子どもたちも見よう見まねで土をこねて遊んでいたのかもしれない。縄文人は決して遠い存在ではないと、「下手な土器や土偶」を通して実感する。私たちと同じように、異なる特技や個性を持ったひとたちが集まって「社会」を形成し、ともに暮らしていたのだ。

この考古館には「体験学習コーナー」もあり、縄文式土器や土偶を実際に作ってみるイベントも行われているらしい。「体験学習コーナー」の棚には、土器サークル（そんなサークルがあるとは！）のひとたちが製作した、「縄文のビーナス」や「仮面の女神」がたくさん並んでいた。あわわ、むちゃくちゃ精巧なレプリカが続々と生みだされている……。しかも、精巧だけどサイズがまちまちで、マトリョーシカみたいに大きさ順に並べられている……。たとえば美術館で、ゴッホの絵が飾られた部屋の隣室の壁に、同じ絵のレプリカがかかっている、ということはないわけで、縄文的おおらかさを感じたのであった。

土器のレプリカに触れられるコーナーもある。持ちあげてみたら、見かけよりもかなり重い。いまの茶碗や皿と同じような感覚で持つと、「枕だと思ったら十キロの米袋だった」ぐらいの重量感があり、驚く。たとえば「仮面の女神」は、高さが三十四センチで内部は空洞にもかかわらず、重さは二・七キロあるのだそうだ。大型土器に水などを入れたとしたら、動かすのも一苦労だったろう。毎日が筋トレ状態。縄文人は男女を問わず、きっと腕っぷしが強かったはずだ。

ひととおり館内を見てまわったところで、学芸員の山科哲《やましなあきら》さんに解説をお願いした。縄文時代とはどんな時代なのかについて、また、漠然と眺めていただけではなかなか気づきにくい、土器や土偶の「見どころ」についても、熱心かつ丁寧に教えてくださった。

「縄文時代は、一万年間ぐらいつづきました。同じ縄文時代といえども、たとえば『縄文のビーナス』と『仮面の女神』のあいだには、作製された時期に千年の隔たりがあります。いまから千年前、と考えてみると、平安時代です」

「ひゃー。千年だって大昔なのに、一万年もつづいたとなると、縄文時代って、すごく長い期間を指すんですね」

「はい。ですから一万年のあいだで、遺跡の数が少ない時期も多い時期もあります。全国的に数が多いのは、五千年ほどまえの縄文遺跡です。『縄文のビーナス』が作られたころですね。このころの遺跡数は、全国で長野県が一番です。当時、日本列

植木鉢に！　深鉢形土器（長峯遺跡、縄文時代中期前半、約5000年前）

当時最高にイケてた、きらきら輝くつぶつぶ入り土器。蛇をかたどった造形がダイナミック。井戸尻式土器（中ッ原遺跡、縄文時代中期前半、約5000年前）

傘立てに！　環状把手付深鉢形土器（棚畑遺跡、縄文時代中期後半、約4900年前）

家のような連続模様は、裏面になると三角形を意図的にずらした配置に変わる。新道式土器（梨ノ木遺跡、縄文時代中期前半、約5300年前）

島全体の人口は三十万人ぐらい。そのうちの七万人以上が、長野県と山梨県を中心とする中部地方内陸部にいたという推計があります。特に、八ヶ岳の麓から諏訪湖《すわこ》にかけて遺跡が集中しており、文化的な中心地のひとつだったと考えられていま
す」

「へえ。このあたりは、縄文時代の大都会だったんですね」

「現在の感覚で言う『都会』とは、もちろん全然異なりますが。尖石では、最盛期の千年間で三百軒ぐらいの住居があったようです。単純計算すると、十年で三軒ですからね……。当時としては大きな集落があったのはたしかですが、住居跡が重なりあっていることもあって、何軒から成る集落だったのかは、よくわかっていませ
ん」

「尖石近辺が栄えた理由はなんでしょうか」

「ナッツ類など食べ物が豊富で、暮らしやすかったんでしょうね。猪《いのしし》や鹿《しか》など獲物もたくさんいた。そうだ、猪の飾りがついた土器もあるんですよ」

と、山科さんは展示ケースを指した。ほんとだ！　土器の縁の部分に、かわいらしいウリ坊がちょこんと載っている。

「猪をペットとして飼っていた可能性もあります」

山科さんはにこにこ顔だ。「ちょっとデフォルメされた愛敬《あいきょう》のある造形で、これは猪に対して愛情がないと作れませんよ」

「ペットといえど、大きく育ったら食べちゃったかもしれないけれど……」

「ええまあ、当時のゴミ捨て場を調べると、猪の骨も出てくるので、食料だったのは確実なんですけどね……」

山科さんによると、尖石近辺が文化的中心地となった理由には、黒曜石《こくようせき》の産地だったことも関係しているそうだ。矢尻に使ったり、石器づくりに用いたりと、黒曜石は重宝された。青森県の三内丸山《さんないまるやま》遺跡まで、長野県で採れる黒曜石が運ばれていた形跡がある。

「さらに、ここの土器は、八ヶ岳で採れる白いつぶつぶの石を混ぜて作られているんです。流行したのか、関東地方や山梨で出土する蛇《へび》の飾りがついた土器にも、八ヶ岳産の白いつぶつぶを確認できます」

「えっ。尖石近辺の土器が、ほかの地域にも運ばれていったということですか？」

「土器そのものを運んだのか、つぶつぶのみを運んだのか、可能性は両方あります。とにかく、尖石近辺では、さまざまな土器につぶつぶを混ぜていたし、それ以外の地域でも、蛇の土器にはつぶつぶを混ぜるべし、という流行というか流儀があったと推測されます」

「当時の最先端かつ最高にイケてる土器は、つぶつぶ入りだったということかあ」

展示されている土器の表面をよく見ると、きらきらと輝く細かい粒を確認できる。きっとだれかが、「この白い石を砕いて、土に混ぜて土器を作ったら、光ってきれいだぞ」と思いついたのだろう。

「黒曜石にしろ土器のはやりにしろ、かなり広い範囲で交易、交流があったってことですよね」

「はい。たとえば、翡翠《ひすい》と琥珀《こはく》からも、それがわかります。翡翠の産地は新潟県の糸魚川《いといがわ》あたり。琥珀の産地は当時、千葉県の銚子《ちょうし》だったと言われています。関東地方の遺跡だと、集落の真ん中にあるお墓に、翡翠がひとつだけ入れられています。関東地逆に長野県あたりだと、真ん中のお墓には琥珀、ずれた位置のお墓には翡翠です」

なるほど、お墓になにが埋められているかで、いろいろとわかってくることがある。
一、糸魚川や銚子で産出されるきれいな石が、広く流通していた。
二、きれいな石を、「大事なもの」として故人と一緒にお墓に埋めた。
三、当然、産地からの距離が遠いほど、石の稀少性《きしょうせい》は高くなる。そのため、関東だと翡翠、長野だと琥珀のほうが珍重《ちんちょう》され、たぶん集落の中心的な人物や、一族の要《かなめ》となるようなひとが亡くなった際には、奮発して稀少性の高い石をお墓に埋めた。

以上から、縄文人がけっこう広範囲で交流していたこと、私たちと変わらず死者を悼む気持ちを持っていたこと、集落内でのリーダー的存在や精神的支柱となるひとがいたらしいこと、が浮かびあがってくる。

「どういう葬送儀礼があったのかとか、縄文人の宗教観とか、そういうことはわかっているんですか？」

「なんらかの土着のルールがあったのはたしかですが、宗教観などについては、考古学が苦手とする部分ですね。たとえば、このあたりで発掘されたお墓は、バスタブぐらいの大きさです。一緒に鉢も出てきたので、遺体を体育座りのような体勢で寝かせて、顔か胸元あたりに鉢をかぶせたのだろう、ということが推測できます。でも、日本の土は酸性なので、人骨などはほとんど溶けてしまっていて、詳細はわかりません」

山科さんは安易に断定的なことは言わず、考古学的に判明した事実のみを、情報として提示してくださった。そうするとこちらも、出土した品を見ながら、「ああかな、こうかな」と、縄文時代の人々やその暮らしについて思いをめぐらすことができ、とても楽しい。文献が存在しない時代だからこそ、考古学的事実をもとに、各人が自由に想像を広げる余地が大きく残されている。縄文時代の遺跡や出土品を眺める楽しみは、そこにあるのかもしれないなと感じた。

縄文時代の女性は、ピアスをつけていた。お墓の出土状況から、子どもを生む年代の女性のみがピアスをしていたことがわかっている。尖石縄文考古館にも、透かし彫りのもの、彩色されたものなど、多数展示されている。形状は円柱形や輪っかが多く、大きさはさまざま。茅野市では、最大で直径五センチのものが見つかっているそうだ。耳たぶに穴を空け、小さいサイズのピアスから徐々に大きなものへと変えていったのだろう。全国各遺跡の土製ピアスを詳しく調べることによって、同族か否かとか、当時の集落間の交流や婚姻範囲について、もっとわかるのではないかと山科さんは期待している。

土偶「縄文のビーナス」は、おへそと両耳に小さな穴が空いている。展示ケースに顔を近づけて、ぜひご確認ください。山科さんはこの穴を、「鼓膜に向かって空いている、いわゆる耳の穴」ではなく、「ピアスの表現」ではないかと考えているそうだ。

また、一歩を踏みだしたところのように、左足が少しだけまえに出ていることにもご注目を。我々にはズドーンと突っ立っているように見える「縄文のビーナス」も、縄文時代の人々の目には、「うわ、めっちゃ躍動的！」と映ったのかもしれない。

では、土器の見どころはというと、なんといっても多様なデザイン！　しかも、ひとつの土器の片面ともう片面とで、模様が微妙に異なるものがけっこうある。作っているうちにどんな模様だったか忘れ、差違が出てしまった、というわけではもちろんなく、明らかに意図的に、模様を変えたことが見て取れる。

「昼と夜」「生と死」「男と女」のように、なんらかの対照性を持たせたかったのか、「よく見ると模様がちょっとちがうって、オシャレだよね！」と思ったのか、作製中の土器を挟んで二人で相談しながら模様をつけていったのか、理由はよくわからない。でも、ひとつの土器を、完全に同じ模様だけで飾っていないところに、縄文時代の人々の息吹《いぶき》が感じられる。土器の周囲をぐるりとまわれる展示ケースになっているので、まちがい探しの要領で、模様をよくご覧になってみてください。

「山科さんはたくさんの土器を見てきたと思いますが、『同じひとが作った土器かな』と感じることはありますか」

「ありますね！　デザインや技巧やなんとなくの感じから、『同じひとが作ったのかもしれない』と思う土器があります」

「土器づくりがうまくて、人間国宝みたいに依頼が引きも切らないひとがいたんでしょうね。土器を作っていたのは、男性と女性、どちらなんでしょうか」

「よく質問されるのですが、むずかしいですね。多くは女性だっただろうと思っていますが、すごく大きいものは、男性が作っている場合もあるんじゃないかと」

「みんなで協力して作ることもあった、ということですか？」

「あると思いますね。小学校に土器づくりを教えにいくんですが、すぐにうまく作れる子もいれば、なかなかうまくいかない子もいます。でも、土器を作れない子が、すべてにおいて不器用かというと、そうでもなくて、石器を作らせたらうまかったりする。そういうのを見ていると、縄文時代でも当然、スキルに合わせた分業と協力があっただろうなと思います」

　土器や石器を作ったり、狩りに行ったり、木の実を採ったり。縄文時代の生活はなかなか楽しそうだ。そりゃあもちろん、食料もいつも豊富とはかぎらないだろうし、満足な医療もなく、寒かったり暑かったり、大変なこともたくさんあっただろう。でも、出土品を見ていると、生き生きと暮らしていた様子がうかがわれるのだ。

私は最前から気になっていたことを、山科さんに尋ねた。

「これだけ栄えていたひとたちは、いったいどこへ行ってしまったんでしょうか。五千年前をピークに、尖石近辺の遺跡数は減るんですよね？」

「文化の中心地は、いまから四千年前、『仮面の女神』が作られたころには、岩手県をはじめとする東北地方、太平洋側に移ったようです。しかし全国的に、五千年前の遺跡数に比べ、四千年前のものは少ないです」

原因は寒冷化ではないか、と山科さんは考えている。五千年前は、いまよりも温暖な気候だったのだが、四千年前になると、いまよりも寒冷化した。

出べそ(?)がかわいい！　仮面の女神（中ッ原遺跡、縄文時代後期、約4000年前）

そのため、ナッツ類などを入手しにくくなったらしい。

「寒冷化に伴い人口が減っていく過程で、価値観にも変化があったようです。発掘された住居跡を調べますと、屋内に敷石をし、入口が飛びでた形の、やや格式が高いかもしれないぞ、という住居があるんです。そういう住居が出てくるのが、四千年前。それまではフラットだった集団関係に、役割分担が生じたのがわかる」

つまり、比較的平等に、のんびりと暮らしていた縄文人は、寒冷化というピンチを迎え、強いリーダーのもとで結束する必要が出てきたのだろう。食べ物が容易に手に入らないとなれば、ある程度の備蓄もしなければならない。備蓄と分配には、リーダーシップがいる。また、食べ物を求めて集落ごと移動することもあったかもしれない。その際にも、「あっちへ行ってみよう」と判断し先導するリーダーがいなければ、みんなうろうろするばかりになってしまう。

こうして、集団内での格差（というほど、おおげさなものではなかっただろうけれど）が生じ、集団同士の再統合も発生しはじめたのが、四千年前ごろだと推測されるのだそうだ。

やはり、縄文時代もユートピアではなかったか。ちょっとしんみりしたのだが、山科さんによると、縄文人は消え去ってしまったのではない。現在の日本人の遺伝子を調べると、特に東北地方には、縄文以前の遺伝子を持っているひとが多いのだそうだ。

北方や南方から、あるいは大陸から、さまざまな人々がやってきて、日本列島に住みついた。縄文人も、そうしてやってきたのかもしれないし、そうしてやってきた人々とまじりあい、一緒に暮らした結果、いまがある。縄文人は滅んでどこかへ消えてしまったのではなく、私たちとつながっているひとたちなのだ。

さまざまな想像を刺激される楽しい見学の時間を終え、尖石縄文考古館をあとにする。考古館の向かいは、宮坂英弌氏が発掘に明け暮れ、住居跡がたくさん見つかった場所だ。

いまは原っぱになっているその場所で、おじさんがなぜか、超特大の虫捕り網をふたつも持って、ぶんぶん振りまわしていた。木々の緑が日に照らされる夏の午後。たぶん縄文時代の人々も満喫したにちがいない、平和な夏の午後だった。

◎文庫追記：この取材をきっかけに、縄文時代および土器や土偶への興味がむくむく湧《わ》いて、郷土資料館などにふらっと入った際も、展示された土器のかけらを熱心に眺めるようになった。東京国立博物館の特別展「縄文　1万年の美の鼓動」（二〇一八年）も大変な人出で、縄文人気、来ている……！　と興奮する。むろん、この特別展でも、尖石縄文考古館が保管する土器や「縄文のビーナス」などが貸しだされ、大活躍していた。

文庫化にあたり、尖石縄文考古館に本書の担当編集者Fさんが問いあわせてくださったところ、展示物などに大きな変更はないとのこと。国宝の土偶を一気に二体も見られるし、とにかく土器の波状攻撃がすごいので、ぜひ訪れてみてください。

data

茅野市尖石縄文考古館

開館時間★9時～17時（入館は16時30分まで）休館日★毎週月曜日（祝日を除く）、年末年始、祝日の翌日（この日が祝日、土・日曜日の場合を除く）料金★大人500円　問い合わせ先＝TEL：0266-76-2270　長野県茅野市豊平4734-132　HPあり

第2館

国立科学博物館

親玉は静かに熱い！

秋も深まりきった二〇一三年十一月中旬、東京の上野《うえの》にある「国立科学博物館」へ行った。国立！　科学博物館！　探訪二館目にして、いきなり「博物館の親玉」的な場所へ突撃してしまうわけで、あれ？　もしかして本書はここで「完」なの？　このあと白紙のページがつづくつくりになっているの？　斬新！

いやいや、そうではない。前章で縄文時代について少々学んだ私は、「……そもそも、人類ってなんなんだろうか」と、ふと疑問を感じたのである。そこで、「人類の進化」について詳細でわかりやすい展示のある国立科学博物館に、白羽の矢を（勝手に）突き刺したのだった。

しかし、さすがは博物館の親玉。国立科学博物館は、とんでもなく広かった。展示品も質量ともに大充実で、「地球館」の地下二階にある「人類の進化」コーナーにたどりつくまでに、大幅に時間を費やす。二日ぐらいかけないと、すべての展示室をじっくりと見てまわることはできそうにない。

ちなみに、「地球館」と隣接した「日本館」は、建物自体が国の重要文化財に指定されている。一九三一年（昭和六年）に建てられたそうで、うえから見ると飛行機の形をしているのだとか。内部には吹き抜けのドームがあり、うつくしいステンドグラスで飾られている。レトロな雰囲気で、デートにも最適！

とはいえ私が行ったときは、秋の平日ということもあり、遠足のチビッコが大挙して押し寄せていた。国立科学博物館は、なんと高校生以下は入館無料なのだそうだ（常設展のみ。しかしそれでも広大）。保育園ぐらいのチビッコたちから中学生の団体まで、みんな楽しそうに、熱心に展示品を眺めてまわっていた。このなかから、きっと未来の科学者が生まれるんだろうなあ。科学者にはならずとも、身近な生き物や自然や宇宙に興味を持ちつつ生きる大人になるんだろうなあ。そう思うと、笑いさんざめくチビッコたちが愛《いと》おしく見える。

さて、私はまず「日本館」から見物してまわることにした。テーマごとに部屋がわかれていて、動植物の標本や鉱石などが整然と並んでいる。人気なのは忠犬ハチ公と、第一次南極観測隊に同行したカラフト犬ジロの剝製《はくせい》だ。「ハーツィー！」（リチャード・ギア風に呼んでみた)、「生きてたんだな、ジロー!」(いえ、剝製なので死んでます)と、テンションが上がる。

それにしてもハチ、でかいな……。渋谷《しぶや》駅前にあるハチ公像は柴犬《しばいぬ》サイズな気がするが、実際のハチは秋田《あきた》犬《いぬ》なので、イメージしていたよりも巨体である。しかも、なんとも茫洋《ぼうよう》とした表情。忠犬というよりも、「駅前の焼き鳥屋さんが目当てで毎日通っていただけ」という説を信じたくなる風貌《ふうぼう》だが、愛らしいことに変わりはない。それに比べると、ジロはさすがに精悍《せいかん》で、小型のツキノワグマみたいである。彼なら冬の南

ハチ（手前）とジロ（右奥）。左奥は甲斐犬の「甲斐黒号」。みんなりりしくてかわゆい♡

極を生き抜ける。

国立科学博物館は掃除が行き届いていて、塵《ちり》ひとつ落ちていないほど万全のメンテナンスぶりなのだが、ハチとジロが展示されているケースのガラスのみ曇っていた。特に、大人の腹あたりの位置が。たぶん、チビッコが興奮して次々に手を押し当てるから、拭《ふ》くのが追いつかないのだろう。ハチとジロの愛されぶりを実感する。

近くにはジャコウネズミの剝製もあり、何匹もが大きさ順に列を成し、まえを行くものの尻尾《しっぽ》のつけねを嚙《か》んで、きれいな半円を描いて移動する様子を再現している。「ジャコウネズミのネックレス」みたいなありさまだ（首に装着したいとはあまり思わないが）。

せっかくの剝製を、なんでこんな妙な形で展示してるんだろうと思ったら、実際にジャコウネズミは、子ネズミが親ネズミの尻尾に嚙みつき、はぐれないように列になって行動するのだとか。そうだったのか！「まえのやつの尻尾を嚙ませて、大きさ順に並べたらおもしろいよね」というような、浮かれた思いつきによる展示なのかと勘ぐってしまったが、すべてはちゃんと、事実や研究に基づいて展示されているのである。

考えてみれば、博物館とは「過去の集積」だ。ハチやジロをはじめ、たくさんの剝製、標本は、みんなかつては生きていた。ここに展示されているのは、かれらの「死」だとも言える。だから、おもしろ半分に展示するはずもないし、チビッコがキャッキャとあふれていても、館内にはなんとなく静けさが漂っている。「死」がたくさん並んでいるけれど、決して怖くはない。それぞれの生き物が放つ「生と死」の圧倒的な迫力とでもいおうか、そういう静謐《せいひつ》な力が感じられる。

もちろん、生き物ではなくても力を発している展示品もあって、それが鉱石や隕《いん》石《せき》だ。パワーストーンが好きなかたには、鉱石のコーナーがおすすめである。大きくてきれいな石が、ライティングも完璧な状態で、たくさん展示されている。私は石のパワーをまったく感知しない派なので、「ほえー、きれい」とチビッコと一緒になって感心するばかりだったが。このコーナーは、石好きらしい男性陣（めがね率高し）のほかには、小さな女の子に大人気で、女性は幼いころからキラキラするものが好きなんだなと痛感させられた。

鉱石に比べれば地味な外見だが、隕石コーナーも充実している。日本は面積のわりに、隕石が多く発見されているそうだ。なぜかというと、「空からなんか降ってきた！」と目撃した人々は、現場に走って隕石を拾い、それを神社に祀《まつ》ったかららしい。なんでも神さまにしてしまう心性のおかげで、江戸時代とかに落下した隕石も大切に保存されてきたというわけだ。

ところで、現在までの日本列島の人口を累計すると、約五億から六億人なのだそうだ。案外少ないな、という気がしませんか？　先祖をたどっていけば、みんな親戚になりそうな規模だ。

しかしそれは、なにも日本列島に限定したことではない。「人類みなきょうだい」という標語（?）はあながちおおげさではなく、地球上に生きる現生人類（新人／ホモ・サピエンス）は全員、ルーツはアフリカにあるらしい。どういうこと?

そのあたりを探るべく、いよいよ「地球館」に足を踏み入れてみよう。おっと、そのまえに、「日本館」の地下一階にある「シアター36○《サンロクマル》」へぜひ行ってください。これは球状の映像施設で、観客は内部に渡された橋のような部分に立つ。つまり、頭上から足もとまで、三百六十度すべてがスクリーンになっていて、ド迫力の映像を楽しめるのだ。

上映内容は月によってちがうようだが、私が行ったときは、「恐竜の世界　化石から読み解く」と「人類の旅　ホモ・サピエンス（新人）の拡散と創造の歩み」の二本立てだった。これがすごくて、恐竜がドカドカーッと走り寄って、観客の頭上をまたぎ越していったり、人類がアフリカの大平原から続々と旅立っていったりと、臨場感たっぷりかつスケールの大きなＣＧ映像を楽しめる。星空のもと、小さな木製の舟で、まだ見ぬ新天地を目指し旅をする人々の姿を見て、私は思わず涙した。うーん、私たちがいま、地球上のあちこちで暮らしているのは、こういう冒険心と好奇心に満ちたご先祖さまがいたおかげなんだなあ。

だが、なにしろ三百六十度がスクリーンに覆われているので、画面が揺れるのに合わせて、体も揺れたり浮遊したり落下したりする感覚に襲われる。酔いやすいひとは要注意です。上映が終わったら、男子中学生がへろへろになっていて、手すりにすがって歩いていた。橋自体が揺れるわけではないので、「酔いそう」と思ったら目を閉じれば大丈夫ですよ……。このスクリーン用に、『ガンダム』やジブリの新作を作ってくれないものか。体感型のものすごいアニメを見られそうな気がするのだが。

とにかく、「シアター３６〇」の映像でも、人類はアフリカから旅立ち、地球各地に拡散していっていた。寒冷地に住み、マンモスの骨でドーム型のおうちを作った人々さえいた（これはＳＦ映画に出てきそうな、見事な造形美を誇る家である。「地球館」の地下二階に復元されているので、ぜひご覧ください）。

私たち現生人類（新人／ホモ・サピエンス）だけでなく、猿人も原人もアフリカで発生したらしい。いったいなぜ、みんなアフリカ生まれなのか？　そしてなぜ、ジャワ原人やらネアンデルタール人やら、いろんな人類がいたのに、いまは私たちホモ・サピエンスしか存在しないのだろうか。

「地球館」の地下二階へ行った私は、思わず「うわあ」と声を上げた。ここは、「地球環境の変動と生物の進化」についてのフロアで、絶滅した超巨大な爬虫類《はちゅうるい》や哺乳類《ほにゅうるい》の骨格標本などがいっぱい展示してある。大きすぎるウシ！　大きすぎるゾウ！　あわわ、こんな生き物がいた時代の地球にタイムスリップしたら、二秒で踏み殺される自信がある。

そのフロアの一角が、「人類の進化」コーナーだ。猿人や原人の頭骨標本やら、シリコンや樹脂でできた精巧な復元模型やらが見やすく並んでいる。男子小学生が、猿人の女性（通称「ルーシー」）。全裸。三百二十万年前にエチオピアで暮らしていたらしい）の復元模型を見て、「かわいい！　ペットにしたいなー」と言っていた。家畜人ヤプーか！　ペットにしちゃあかんやろ。ほかにも、旧人の復元模型（体格のいい男性。毛皮を肩にかけているが、下半身は裸）を見た男子中学生が、「絶倫さん……」と勝手にあだなをつけるなど、「人類の進化」コーナーは若人《わこうど》の好奇心をかきたてているようだった。

キャー、踏みつぶされるー！　かつての地球、デンジャラスです

左は猿人、通称「ルーシー」。中は原人、通称「トゥルカナ・ボーイ」。右は旧人、愛称「絶倫さん」（by男子中学生）

私は、インドネシアのフローレス島で発掘・発見されたという、「フローレス原人（学名：ホモ・フロレシエンシス）」に目が行った。通称「ホビット」と呼ばれているそうで、たしかにすごく小さい。成人女性なのだが、身長は一メートル十センチ。猿人のルーシーは、身長一メートル五センチだ。つまりフローレス原人は、猿人よりもあとに発生・進化したはずなのに、体格は猿人なみなのである。脳の容量も約四百二十六ccと測定されており、ほかの原人のほぼ半分、これまた猿人ぐらいしかない。

一万数千年前まで、フローレス島で暮らしていたとされるフローレス原人は、二〇〇三年に見つかって以降、活発な議論を呼んでいる。フローレス原人のどういうところが独特で、研究者たちの注目を集めているのか。フローレス原人の研究にあたっている、国立科学博物館の海部陽介《かいふようすけ》さんにお話しをうかがった。

「フローレス原人の発見は、研究者にとってすごく衝撃的で、いまだに大論争がつづいています。衝撃のひとつは、これまで原人は、インドシナ半島と陸つづきだったジャワ島までしかたどりつけなかったと思われていたのに、さらに東にあるフローレス島まで、海を越えて到達していたということです」

「原人が生きていた当時、フローレス島がジャワ島などと陸つづきだった、ということはありませんか？」

「それはないです。その証拠に、フローレス島には、コモドオオトカゲ、カメ、トリ、齧歯類《げっしるい》（ネズミの仲間。大きいものもいる）、ピグミー・ステゴドン（小型化したゾウの仲間）ぐらいしかいませんでした。陸つづきだったなら、もっと多様な動物がいていいはずです。コモドオオトカゲは、いまではコモド島からフローレス島の領域にしか生き残っていません。かれらがいつ、どこから渡ってきたかははっきりしませんが、このような固有種の存在は、島が長いあいだ孤立していたことを物語っています。また、ゾウはかなりの距離を泳ぎます。ネズミは丸太などの漂流物につかまって、フローレス島にたどりついたのでしょう」

「フローレス原人は？　原人は舟を作れたんでしょうか」

「そこが謎です。人類の進化史上、舟で海を渡ることができるようになったのは、

フローレス原人の復元模型。風格があるが小柄です

我々現生人類以降だと考えられています。フローレス原人がもし舟を使えたのなら、もっとあっちこっちに行っていいはずです。しかしフローレス原人は、フローレス島にたどりつくと、そのまま島に閉じこもった。舟があったとは考えにくいです」

「じゃあ、どうやってフローレス島まで行けたんだろう……。あっ。さきほど、『ゾウはけっこう泳ぐ』とおっしゃいましたよね？　まさか『少年ケニヤ』みたいに、ゾウに乗って海を渡った⁉︎」

「はたしてどうでしょうね。一般書になら、仮説として書いてもいいですが、科学論文でそんなこと書いたら、まず査読《さどく》（専門家が行う事前の審査）を通らず、発表できません」

「がびーん。学説（?）が早くもお蔵入りした……。しかし、偶然の漂着ではなく、なんらかの意思をもって、家族やカップルで移住しないことには、フローレス島で子孫を残せませんよね。たまたま浜辺を散歩していた男女が波にさらわれ、同じ丸太に必死にしがみついて、フローレス島まで漂流したのかもしれないけれど……」

「最近では、津波説があります。津波でフローレス島まで流されたひとたちがいたのではないか、と。でも、真相は謎です。フローレス原人が研究者に衝撃を与えたもうひとつの理由は、体や脳のサイズです」

これまで、人類の脳のサイズは、時代が新しくなるにつれ大きくなる、と考えられていた。七百万年前、猿人の時代には、脳の容積は三百ccから五百ccぐらい。チンパンジーと同程度の脳の大きさだ。それが、二百万年前ごろから右肩上がりで急激に脳が大きくなりだす。

ところがフローレス原人は、さきに述べたとおり、猿人ぐらいの脳の大きさで、体格も猿人に比べても小柄なほうだ。つまり、従来考えられていた進化の方向から、逆行しているように見えるのである。ここが研究者のあいだで争点となっているらしい。

ジャワ原人の研究を長年なさってきた海部さんは、フローレス原人の頭骨も仔細《しさい》に調べ、両者の共通性を見いだした。フローレス原人にもっとも近いのは、初期のジャワ原人だったのだ。そのため、「大柄なジャワ原人がフローレス島へ渡り、矮小化《わいしょうか》した」という説を唱えている。

人類がフローレス島に住みはじめたのは、石器などの証拠から、百万年前だと推定されている。つまりこのころ、初期のジャワ原人が、なんらかの方法で（ゾウに乗って!?）フローレス島にやってきた。そして、一万数千年前に絶滅するまでのあいだに、体格も脳もどんどん小さくなっていったのである。

ちなみに現生人類は、原人よりもあとにアフリカで発生し、爆発的に地球上に住処《すみか》を広げていった。フローレス島付近に現生人類が到達したのは、四万年ほどまえのことだと考えられている。フローレス原人と現生人類は、三万年間ぐらいは同じ島で暮らしていたらしいのだ。仲良く共存していたのか、争っていたのか、お互いに不干渉だったのか、そのあたりはまだよくわかっていない（註：最新の研究で判明したことがあります！　章末の〇印の追記をご参照ください）。

「しかし、フローレス島で暮らした百万年弱のあいだに、めきめきと体が小型化する方向へ進化する、ということがありえるのでしょうか」

「それは、『島嶼《とうしょ》効果』という現象で説明できます。孤立した島に渡ると、動物のサイズが大陸とはちがうものになってしまうという現象が、地中海や北極海の島でも起こっています」

「島嶼効果」とは、外敵が少ない島において、ゾウやシカなどの大型動物はミニサイズになり、ネズミやトリやトカゲなどの小型動物は巨大化する、という現象なのだそうだ。なぜ、そういう現象が起こるのだろうか。

「体が大きいと、ご飯をいっぱい食べる必要があるし、成長に時間がかかるので、子どもをたくさん作れない。小さいほうが出産間隔が短く、たくさん生める。大型動物が小型化するのは、それが理由でしょう。逆に、体が小さいと身を隠すのには便利ですが、ひっきりなしに動いて食べて、代謝を維持しないといけない。ある程度の大きさがあったほうが、リラックスできていいらしい。そのため、外敵からのプレッシャーがない環境では、小型動物は大型化する方向へ進化するようなのです」

「なるほど。万年単位でのんびり暮らしていると、それぞれの動物にとってもっとも楽ができるサイズになっていくものなんですね」

フローレス原人の復元模型とともに、フローレス島の動物たちの模型も展示されているのだが、たしかにネズミは猫ぐらいのサイズ、トリはダチョウぐらいのサイズ、トカゲはワニぐらいのサイズがある。一方、フローレス原人はホビットサイズだし、ゾウ（ピグミー・ステゴドン）はウシぐらいの大きさしかない。眺めていると、縮尺のおかしな世界に迷いこんだような気分になる。

もしかして、私が日々大型化しているのは島嶼効果のせい……ではないな。はっ、江戸時代のひとは、奈良時代のひとに比べても小柄だった、という話をどこかで読んだ気がするが、鎖国政策によって島嶼効果が進んだ……？

フローレス原人の存在を通して、進化の不思議に思いを馳《は》せることができたのだった。

それにしても我々ホモ・サピエンスは、空前絶後かつ唯一無二の人類であるかのように、地球上で我が世の春を謳歌《おうか》している。しかし、実際には全然そうじゃなかったことが、国立科学博物館の展示を見てわかった。ホモ・サピエンスよりまえに、いろいろな猿人や原人が存在していたのだ。かれらが絶滅してしまったということは、私たちもうかうかしていられないということではないだろうか。また、どうしてホモ・サピエンスは現在のところ、生きのびることができているのだろうか。

「なぜ、猿人も原人も新人(ホモ・サピエンス)もアフリカで発生しているのでしょうか」

「それはすごく謎で、わからないです」

「ほかの動物も、みんなアフリカで生まれたんですか?」

「いえ、アフリカで生まれた動物もいますが、べつのところで生まれた動物もいます。進化というのは、あっちこっちで起きているんです。原人なども、アフリカからアジアへ出たあとに分岐したり多様化したりもしています。ただ、人間の方向へ進化していくものの大本は総じて、どうやらアフリカで先行して現れるようです。アフリカで生まれたものが、外へ出る。アフリカに残ったもののなかから、進んだものが出てきて、また外へ出る。これが何度も繰り返されている。本当に不思議で、どうしてなのかわからない部分です」

「いま地球上にいる人類は、私たちホモ・サピエンス一種だけなんですよね？　一種しかいない動物というのは、ほかにもいるんですか？」

「いることはいますが、ホモ・サピエンスのおもしろいところは、世界中に分布しているということです。ぼくらはそれをあたりまえだと思っていますが、実は非常にユニークなことなんです」

「舟に乗ったり、徒歩で山を越えたりして、いろいろな場所へ散らばってい

マンモスの骨でできた1万8000年前の住居（レプリカ）。
なんだか未来っぽくてかっこいい！

ったんでしょうか」

「そうです。ホモ・サピエンスは、きわめて移動能力・適応能力が高い生き物なんです。適応のしかたも、またユニークです。通常の生き物は、体を進化させて新しい環境に適応していきますが、これだと長い時間がかかる。でも人間の場合は、文化や技術で解決する」

「おうちや衣服や道具を作る、ということですね」

「そうです。この方法だと、柔軟かつスピーディに環境に適応できます。そのため、世界中に散らばり、多様な自然環境のもとで暮らしていくことができたのです」

ホモ・サピエンスのコーナーでは、アフリカから我々の祖先がどのように世界へ拡散していったのか、また、それぞれの土地でどのような生活を営んでいたのかが展示されている。動物の骨で作った笛や、貝に穴を空けたビーズなど、「食べて寝る」だけじゃない暮らしをしていたことがうかがわれる。十万年ぐらいまえ、人類がアフリカでホモ・サピエンスに進化してから、いまで言うところの「文化」がだんだん生みだされていったようだ。

十万年前にも、音楽やおしゃれを楽しむひとがいた。そう考えると、人間てのはほんとに不思議な存在である。ドイツの洞窟《どうくつ》では、マンモスの牙《きば》を彫って作った

ドイツで出土した、マンモスの牙でできた動物像（レプリカ）。ペンダントではないかと言われている。私は上から時計まわりに、カバ、リス、シマウマ、マンモス、抜いたおやしらず、直立したネコ、失敗作、ウシ、中央はネッシーに見えるのですが、みなさんはどうですか？

「ライオン人間」が見つかっている。頭はライオン、体は人間。こういう神さまが信仰されていたのだろうか。「見たものそのまま」ではなく、想像力を働かせて創作行為をしていたことがわかる。

「かわいいし、むちゃくちゃ技術が高いですねえ。そういえば、世界中の神話や小説や映画など、あらゆる『物語』を分析すると、プロットやモチーフは三十いくつだかのパターンに分類できてしまう、という話を聞いたことがあります。つまり、人々が聞いたり読んだり見たりして、『心地いい』と感じる物語には、一定かつ共通の『型』がある。それはもしかしたら、アフリカで私たちの祖先が焚《た》き火《び》を囲みながら語りあっていたときの記憶、物語の原形のようなものが、人類の移動に伴って世界中に拡散したからなのかもしれませんね」

「それはありえます。たとえば、ちがう国の料理だって、おいしいと感じる。芸術も好みはありますが、いいものはだいたいみんな『いい』と言う。人類の嗜好性《しこうせい》が似ているのは、共通の祖先を持っているためかもしれません」

「なにを喜び、なにを哀《かな》しむかも、国によって大幅にちがうということはないですものね」

「いまの世界で暮らしていると、ひととのちがいばかりに目が行きますが、人類史的な研究をやっていると、ぼくらは基本的なベースは似てるんだなと気づく。祖先がアフリカで生まれ、世界中に拡散していったことがわかるから。そこがおもしろいところです。もちろん、ちがいもあります。でもそれは、遺伝子的に決められた生得的なちがいというより、単に生まれた環境によるちがいのほうが大きいと思います。日本人がアフリカで生まれ育ったら、アフリカ的になる部分がきっとあるでしょう。人間は環境や教育に影響されるし、それだけ柔軟性があるということです」

「海部さんは、これまでご研究や学会などで、世界のさまざまな場所へ行かれたでしょうね」

「発掘したり現地調査をしたりなので、地元の村人たちがいる場所ばかりで、観光地には行かないですけどね」

「それこそ、柔軟性が問われる局面ですよね。どうやって村人と打ち解けるんですか?」

「やっぱり酒です。『これを食べてみろ』とか『飲め飲め』とか、いろいろ勧めてくれるので。弱

海部陽介さん。酒豪らしいと判明

くはないし、きらいでもないので、飲みます！」

なんとも頼もしい海部さんなのだった。

「人類の進化」コーナーを見物すると、なんかもう、ちっちゃな差違など気にせずに、みんなでドンチャカと酒を酌《く》みかわそうぜ！　というピースフルな気持ちになる。ちっちゃな差違を気にしてしまうのが人間というものだが、しかし考えてみてもくださいよ。七百万年もまえから、猿人やら原人やらさまざまな人類が、アフリカで続々と生まれては拡散し、やがて絶滅してきたんですよ。人類以外にも絶滅した生き物がたくさんいて、国立科学博物館で骨格標本になってるんですよ。

どうせいつかはみんな死ぬ。ハチ公やジロも死んで剝製になった。だったら、いま幸運にも生きのびている我々ホモ・サピエンスは、過去や未来に思いを致しながら、せいぜい楽しく仲良く、命のあるかぎり「生きてる」ことを満喫しようじゃありませんか。いえーい。

と、わけのわからない前向きさと多幸感がこみあげてくる。やはり、展示品が物語る時間と空間のスケールの大きさ、これまで地球上に積み重なってきた「生と死」の迫力に圧倒されるからだろうか。

熱い静けさに満ちた館内をめぐっていると、「よっしゃ、俺も生きるか」という活力が湧《わ》く。国立科学博物館は、もともと活力充分のチビッコから、刺激を欲する若者、生と死について熟考したいお年寄りまで、幅広い年代のひとが楽しめる場所だった。

○海部陽介さんをはじめとする研究チームは、二〇一六年六月、イギリスの科学雑誌「Ｎａｔｕｒｅ」に論文を発表した。論文は英語なうえに私にはむずかしすぎるので、日本語のプレスリリースを要約すると、「フローレス原人の極端な小型化は、フローレス島で七十万年前までには起こっていた」とのことです。つまり、百万年前にフローレス島にたどりついた原人は、それから三十万年のあいだに小型化を完了させていた、というわけ。うーむ、進化の神秘！

また、海部さんによると、フローレス原人が絶滅したのは五万年前、現生人類がフローレス島付近に到達したのも五万年前、と最新の研究で判明したそうだ。よって、フローレス原人と現生人類の共存の可能性が否定された。「ほぼ同時とは、意味深ですね」と海部さん。よもや、現生人類が島で悪逆のかぎりをつくしたんじゃあるまいな、と気が揉《も》める。

◎文庫追記：海部陽介さんはその後、ホモ・サピエンスが日本列島へやってきた当時の航海を再現するプロジェクトを成功させ、現在は東京大学の総合研究博物館で研究をつづけておられる。

「3万年前の航海 徹底再現プロジェクト」の挑戦と成功については、報道などでご存じのかたも多いだろう。『サピエンス日本上陸 3万年前の大航海』（海部陽介・講談社）というご本に、試行錯誤した苦難の旅路がまとめられている。

私は、広く公正なものの見かたを維持しつづける海部さんの姿勢に、「なるほど、科学者とはこういうひとたちなんだな」と感銘を受けたし、三万年前の人類が、いまを生きる我々となんら変わらない、ロマンと想像力にあふれたひとたちだったことが伝わってきて涙してしまった。プロジェクトに参加したひとたちがバラエティに富んでいて、とても楽しく感動的なので、おすすめの一冊です！

プロジェクトのホームページもあります。「三万年　航海」などで検索してもヒットするかと思います。

https://www.kahaku.go.jp/research/activities/special/koukai/

data

国立科学博物館

開館時間★通常9時～ 17時（入館は16時30分まで）、金・土曜日は9時～ 20時（入館は19時30分まで）　休館日★毎週月曜日（月曜日が祝日の場合は火曜日）、年末年始　料金★常設展一般・大学生630円　問い合わせ先＝ハローダイヤル：050-5541-8600　東京都台東区上野公園7-20　HPあり

第3館

龍谷ミュージアム

興奮！の仏教世界

二〇一四年一月下旬、京都の「龍谷《りゅうこく》ミュージアム」へ行った。ここでは仏教の学術研究を行っており、その成果として、仏教にまつわる文化財を展示・公開している。つまり、「仏教総合博物館」なのだ。

渋い……。と思われるかたもいるだろう。私もちょっと腰が引け気味であった。お坊さんと接するのはお葬式や法事のときぐらいだし、特別な信心があるわけでもない。こんな腑抜《ふぬ》けた人間が仏教の博物館へ行って、楽しめるのか？　理解が追いつくのか？

結論から言うと、全然大丈夫でした！　個人的には、むしろ大興奮の博物館でした！　あのねあのね、「漫画の原形ってこれかも」と思うような展示物や、「一見ただの紙切れなのに、すごい！」って鼻息が荒くなるような展示物があったんですって話そう。

龍谷ミュージアムは、西本願寺《にしほんがんじ》の真ん前にある。二〇一一年に開館したばかりの、かっこいい建物だ。龍谷大学が運営しており、基本的には、大学が持っている「お宝」を展示する場所なのである。

では、どうして龍谷大学は仏教関係の「お宝」を所持しているのか。大学の前身が、徳川家光《とくがわいえみつ》の時代（一六三九年）に設立された、西本願寺の僧侶の育成機関だからだ。龍谷大学が所蔵し、ミュージアムで展示しているのは、西本願寺の歴代門主が収集した「お宝」が中心なのであった。

とはいえ、僧侶たちが仏教研究のために代々収集してきたものなので、「お宝」の中身は文書が多い。金ぴかの仏像や仏具がたくさんあれば、仏教関係者以外にもアピールしやすいだろうけれど、文書（お経など）ではやっぱり、「渋い……」感は否めない気がする。

しかし、龍谷大学は「大谷《おおたに》コレクション」も持っている！　これは、「大谷探検隊」が発見した「お宝」だ。探検隊というからには、財宝がぎっしりつまった黄金の宝箱を持ち帰ったにちがいない！　期待が高まるではないか。

大谷探検隊とは、なにか。龍谷ミュージアムのホームページによると、「浄土真宗本願寺派第二十二代門主大谷光瑞《こうずい》が一九〇二～一四年の間に三回にわたって派遣した、仏教東漸《とうぜん》の軌跡を辿《たど》った日本で最初の学術探検隊」だそうだ。仏教は、インドからシルクロードを通って、中国、朝鮮半島、日本へと伝わった。その痕跡を探ろうと、シルクロードの砂漠地帯を調査・発掘したのが大谷探検隊だ。探検隊のことが話題になって、当時の日本では第一次シルクロードブームが湧《わ》き起こったのだとか。「シルクロード」と聞くと、いまでもなんとなくロマンをかきたてられるのは、大谷探検隊の存在あってこそなのだ。

で、大谷探検隊が持ち帰った品々とはなにかというと……。これがまた、文書が中心なのでした……。文書というか、「紙切れ」。砂のなかに埋まっていたお経の切れっ端である。渋い……。宝箱じゃ全然ない……。

だが、大丈夫！　一見、紙ゴミっぽく見えなくもない（失敬）お経に、私は大興奮&感動した！　それについては後述する。

とにかく、龍谷ミュージアムの本来の所蔵品には、経典などの文書が多いのだった。「これじゃ地味すぎるだろ（失敬）」ということで、仏像などの立体物も収集したり借り受けたりと工夫して、来館者にとってわかりやすく楽しい展示を行っている。

展示の特徴は、ただ仏像や経典を並べるだけではなく、「仏教が誕生したインドから日本までを通覧する」というコンセプトがあることだ。龍谷ミュージアムには、一般的な意味での「常設展（多少の入れ替えはありつつ、所蔵品をほぼ通年で展示する）」は存在しない。コンセプトに従い、「平常展」という形で年に数回、ガラッと展示品を入れ替える。

私が行ったときは、「二〇一三年度平常展『仏教の思想と文化　インドから日本へ』第二期」だったのだが、「平常」という語感からはかけ離れた充実ぶり。ほかの博物館で言う「企画展」に等しい力の入れようだった。そのうえ、これまた年に数回、「企画展」や「特別展」も開催しているそうだ。いったい何十人の学芸員さんが在籍してるのかと思ったら、総勢六人だとか。いくら仏のご加護があるといえども、人智と人力を超越しているとしか思えぬ活躍である。

前情報が長くなってしまったが、本題へ入ろう。私はしずしずと龍谷ミュージアムに足を踏み入れた。今回の平常展では、「アジアの仏教」と「日本の仏教」で階がわかれており、順に見ていくと、「仏教の思想と文化」が、時代や地域によってどのように深化・変遷しつつ広まっていったかがわかる構成になっている。

フロアに入ったとたん、ガンダーラやシルクロードや東南アジアの仏像がたくさん並んでいて、早くも血圧が上がる（仏像好き）。作られた年代は、二世紀から十三世紀と幅広い。材質も、片岩《へんがん》や砂岩《さがん》や青銅などさまざまだ。地元で入手しやすい素材、当時の最先端の技術を使って、各地域の人々が熱心に仏の姿を形にしていた証《あかし》だろう。

仏をどう表現するかにも、それぞれの地域の特色と時代性が反映されている。パンチパーマ風の髪型をした仏は、私たちにとっても見慣れた姿だ。だが、ガンダーラの「菩薩《ぼさつ》立像」などは、ウェーブのかかった長髪で、顔立ちもなんとなく彫りが深く、ちょっとキリスト風味なのだった。いろんな文化と民族が行きかう地域で、仏教は人々に受け入れられ咀嚼《そしゃく》され、独自の表現がなされていたことがわかる。

菩薩立像（ガンダーラ、2〜3世紀）。ガンダーラの仏像はローマ、ギリシャ、イラン的な要素が渾然一体となっているそうだ

仏教が伝来した各地域

のひとは、その思想にも感銘を受けたと思うが、なによりもまず、「仏像かっこいい！」と圧倒されたんじゃないか、という気がする。いま見ても、「かっこいい！」と感じる造形美がある。斬新な思想と教えが、超イケてる美術品や音楽でパッケージングされて、異国からやってくるのだ。そりゃあだれしも、「なになに？ もっと知りたい！ そんで私も、仏の教えに基づいて表現してみたい！」と興味津々になるというものだ。そうして、仏の教えと表現（仏像など）に胸打たれた人々の思いが、インドからシルクロードを通り、やがては極東の日本まで伝わったのだと考えると、これはやはりすごいことだ。

私はふがふがと鼻息も荒く、仏像に見入った。なにしろ充実の展示なので、出品数が多い。到底覚えきれるものではないと、帳面とシャープペンシルを鞄《かばん》から取りだす。すると、館員のかたがすすすっと音もなく近寄ってきて、

「大変申し訳ありませんが、館内でシャープペンシルを使うのはご遠慮ください」

と丁寧な物腰で言った。

私は動揺した。事前にホームページを見たところ、「展示室内での筆記は鉛筆のみ可能です」と書いてあったので、「ふむふむ。大切な展示品に、万が一のことがあってはいけないからな。ボールペンなどではなく、消しゴムで消せる筆記具にせ

よ、ということなのだろう」と合点《がてん》し、シャープペンシルを持参したのだ。しかし、シャーペンも不可となると、いったいなにでメモを取ればいいのか……。ここはやはり、経典と同じく墨をすって筆で？　それともまさか、法力（ていうか念力）で帳面に文字を転写せよと……？

無理だ。動揺のあまり固まっていたら、館員のかたは、

「これでお願いします」

と親切にも鉛筆を差しだしてくださった。

あ、「鉛筆のみ」って、そういうことか！　鉛筆的なもの（＝シャーペン）ならいいんだろうと、勝手に思いこんでしまっていたわ。いやいや、お恥ずかしい。鉛筆をお借りし、ことなきを得たのだった。たしかにシャーペンの先っちょも、とがった金属だもんな。展示品に万が一があったら大変だ。筆記ＯＫな博物館はけっこう多いので、今後はエチケットとして、ちゃんと鉛筆を持参しようと思ったのだった。

さて、仏像コーナーを抜けると、大谷探検隊が発見した経典が並んでいる。石に彫られた文字を、魚拓《ぎょたく》みたいに紙に写し取ってきたもの。砂に埋もれてぼろぼろになった紙に書かれたもの。巻物に整然と記されたものもあった。これは、トルファ

ン（中国、新疆《しんきょう》ウイグル自治区）で発見された「ウイグル語天地八陽神呪経《てんちはちようしんじゅきょう》」だそうだが、いままで見たこともない文字で（蟻《あり》が行進しているみたいだ）、上下左右どちらから読めばいいのかさえ、私には見当がつかなかった。

漢字、ウイグル文字をはじめ、多種多様な文字で書かれた、それぞれの地域のお経。言葉フェチとしては、眺めているだけでたぎってくるものがある。仏の教えを、自分たちが使っている言語に翻訳し、自分たちの文字で書きつけたひとたちがいる。紙はぼろぼろになってしまっているが、墨の色も鮮やかに、丁寧にしたためられた文字を見ていると、このお経が、仏が、かれらにとってどれだけ大

ウイグル語天地八陽神呪経（トルファン、10～11世紀　龍谷大学図書館所蔵、部分）。全405行からなる長い巻物で、「仏」「菩薩」にあたる言葉は朱色、それ以外の文字は黒色で書かれています

切なものだったかが伝わってくる。

仏の教えを信じる人々の、熱い思いが感じられるものは、文字で書かれた経典だけではない。各地域のお経を聞き比べられるコーナーもあるのだ。

再生ボタンを押して耳を傾けたところ、タイのお経はリズムがいい。タイの文字で書かれた、パーリ語のお経（『ダンマパダ（法句経《ほっくきょう》）』）なのだそうだ（註：パーリ語とは、インドでかつて話されていた方言のひとつ。ブッダはマガダ地方の方言を話していたらしいのだが、彼の死後、紀元前後に、ブッダの言葉をお経として書き残そうという動きが出てきた。その際、マガダ語をパーリ語に翻訳して文字化したようだ。現在でも、上座部仏教のお経にはパーリ語が使われている。しかし、日常的にパーリ語でしゃべっているひとはいない。キリスト教圏におけるラテン語のようなものだと言えるだろう）。

チベットのお経は、チベット語で書かれた阿弥陀経《あみだきょう》。リズミカルなタイのお経に比べると、やや重厚感がある。

日本のお経は、漢訳の阿弥陀経。中国から入ってきた漢字で書かれたお経を、音読みしているわけだ。ウイグルの人々が、お経を自分たちの言語（ウイグル語）に翻訳したことを思うと、日本人は漢訳をそのまま使っていて、ちょっと手抜きじゃないか？

しかしそこには、いまも昔も変わらぬ「舶来物大好き！」な心性が働いているのかもしれない。あえて日本語に翻訳せず、漢文を音読みしたほうが、「意味はよくわからんけど、なんだかありがたくてかっこいい響きがするだ」という気持ちになる。現在でも私たちは、洋楽を聞いたり、いろんな国の料理をちょっと日本流にアレンジしたりして、外国の文化を楽しんでいる。漢訳のお経を使っているところに、「中国大陸から、最先端の教えが渡ってきたぜ！」という、当時の熱狂と興奮が感じられる気もするのだった。

タイ、チベット、日本。いずれのお経も、お坊さんの声が重なりあい、迫力があって、音楽的にうつくしい。薄暗いお堂で、お香がたかれていて、金色《こんじき》に輝く仏像があったら、音楽との相乗効果でさらにうっとりだろう。五感のすべてに訴えかけてくる仏教。インドから日本まで、みんなの心を鷲《わし》づかみにしたのも納得だ。

もちろん、「俺は文字なんて読めないし、むずかしいことを言われてもわからんよ」というひとも大勢いたはずだ。だが、仏教に死角なし。ブッダ（ゴータマ・シッダールタ）がどういうひとで、どんな教えを説いたのか、精巧なレリーフでも表現している。現代でたとえれば、紙芝居みたいなものだ（↑昭和感漂う説明）。

ガンダーラで一~三世紀に彫られたレリーフがたくさん展示されていて、「ほうほう」と見入ってしまった。眠る摩耶夫人《まやぶにん》（シッダールタのお母さん）の脇腹に、ぷくぷくぷくしたかわいい象が入ろうとしているところ（摩耶夫人は白い象の夢を見て、シッダールタを身ごもった）。王子さま育ちのシッダールタが、お城の外で病人や老人や死人を見て人生の現実を知り、衝撃を受けているところ。修行に励むシッダールタを邪魔しようと、たくさんの悪魔が襲いかかるところ。

臨場感たっぷりだし、レリーフなので「飛びだす絵本」みたいな立体感もあるし、これならだれにとってもわかりやすい！「ブッダの生涯と教え」を、必ずや多くのひとに伝えてみせる、という僧侶たちの情熱。悩みや苦しみの多い日常のなかで、心の平安と救いを求めていた民衆の切なる思い。そういったものが、レリーフからいまも迸《ほとばし》っているのだった。

レリーフと同じように、たとえ文字が

仏伝浮彫「托胎霊夢」（スワートまたはディィール、1～2世紀）。象の目がにやけてるのが、ちょっと気になる……

読めなくても伝わる視覚表現は、日本の仏教美術にも存在する。それが「絵伝《えでん》」だ。絵伝とはなにかというと、ポスターのようなもので、壁にかけて眺める。

私が行ったときには、親鸞聖人《しんらんしょうにん》の絵伝が何枚も展示されていたのだが、これがまたすごい。親鸞聖人の一生が巨大な紙に絵で表現されており、色鮮やかで、描線も緻密《ちみつ》だ。しかも、場面が転換したことや時間が経過したことを表すため、たなびく雲などを使って、さりげなく「コマ割り」してある。漫画とおんなじ！

『鳥獣戯画』が漫画のルーツだと言われるが、私はどうもピンときていなかった。擬人化されたウサギなどの「キャラ感」は漫画っぽいかもしれないが、『鳥獣戯画』は巻物で、明確なコマ割りはない。つまり、「文法」がちっとも漫画じゃない、と思っていた。しかし、絵伝にはコマ割りがある。こちらのほうが、現在のストーリー漫画の文法と形態により近い気がするなあ。漫画はもしかしたら、絵伝の影響を受けて発展した表現なのかもしれない。

ちなみに、絵伝がポスター型をしているのは、巻物タイプのものよりも、一度に大勢のひとが眺めることができるから、らしい。きっと、人々がわいわい集まって、絵伝を眺めながら、親鸞聖人の生涯と冒険（？）に思いを馳《は》せたのだろう。現代でたとえれば、街頭テレビに群がって力道山《りきどうざん》を応援するようなものだ（↑またも昭和感漂う説明)。

ひととおり展示を見てから、龍谷ミュージアム館長の入澤崇《いりさわたかし》さんに解説をお願いした。入澤さんはガンダーラで発掘調査をした経験もお持ちの、仏教文化の研究者であり、僧侶でもあるという、ダンディなかただった(髪の毛は剃《そ》っていない)。

「ガンダーラはインドの辺境にあって、中央アジアへの出入り口です。異なる民族がひしめいていて、紀元前から一触即発の状態でしたし、いまも紛争が起きています。そういう土地で、今回展示しているような、穏やかな仏像が生みだされた。それは非常に不思議な現象だなと思って、私はガンダーラ文化の研究に取り組んでいます」

「ガンダーラに住む人々は、仏の教えや仏像に心の安らぎを求めた、ということでしょうか」

「そうですね。戦争の愚かさに気づき、仏教というものが和を構築するのに非常に有効だと考えたひとたちが、あの穏やかな仏像を作りだしたのだと思っています」

「かつての大谷探検隊も、入澤さんも、発掘調査をなさった。ということは、ガンダーラ(いまのアフガニスタン、パキスタンあたり)やシルクロード地域には、現在は仏教徒はいないのでしょうか」

「はい。中央アジアは、仏教がものすごく隆盛した地域ですが、いまはイスラム圏になっています。仏教徒だった人々が、いつごろ、どういうふうにイスラム教を信じるようになっていったのか、まだわかっていないことも多いです。そこを明らかにするためにも、考古学的な発掘調査をしたいのですが、なにしろ政情不安で、渡航もままならず……」

紛争多発地帯で暮らす人々と、まだ調査されていない仏教遺跡を思って、入澤さんは憂えておられるようだった。

「二〇〇一年にバーミヤンの大仏が破壊されたでしょう。あれで、『イスラムはなんて野蛮なんだ』というイメージが定着してしまった。でも、そうではないんですよ！　イスラム教徒の村人たちは、あの二体の大仏を『お父さん、お母さん』と呼んで、大切にしていたんです。千年以上にもわたって大仏を守ってくれていたのは、イスラムのひとたちなのです！」

にもかかわらず、イスラム過激派に大仏を破壊され、しかもイスラムの人々を十把一絡げに「野蛮」と見なすような風潮まで生まれてしまい、入澤さんは「ぐぬぬ」と歯ぎしりせんばかりの勢いであった。

仏教が隆盛していたかつての中央アジアに、イスラム勢力が入ってきて、暴力的に改宗させていったように思いがちだが、実際はそうとも言い切れないようだ。

イスラム教は、神さまの姿を具体的に絵に描いたり、彫刻で表現したりはしない宗教だ。しかし、アフガニスタンには初期のイスラム美術が残っていて、そこには人物が描かれている（具象表現をしているわけだ）。その表現が、仏教遺跡に描かれた人物の表現ととてもよく似ているのだとか。また、アフガニスタンで発掘調査を行った結果、イスラム勢力の支配下に置かれていたはずの時代に、仏塔を建立した証拠が見つかったのだそうだ。つまり、イスラム教と仏教は共存していた時期がある。

たしかに、「信仰」という、ひとの心の大切な部分を、暴力一辺倒で強制的に変えられるとは思えない。仏教がどうしてひとの心をつかみ、どのように広まっていったのか、明確に解明されていないのと同様、中央アジアにおいて、どうして仏教がイスラム教に取って代わられたのかも、まだ謎だらけだ。「予断はせず、今後さらに研究を深めていくべき課題です」と入澤さんはおっしゃった。

「仏教がおもしろいのは、異質な文化や宗教を取りこんでしまうところです。たとえば弥勒《みろく》菩薩も、かつてあったミスラ教の神さまを仏教化したものじゃないかと言われている。異質なものを排除しない、というのが、仏教の非常に大きな特徴かなと思います」

「土地土地の神さまを取り入れていったんですね。それは、仏教が一神教ではないことが影響しているんでしょうか」

「唯一絶対なる創造神をたてる、というのが一神教の特徴です。しかし仏教では、この世界をだれが作ったかは問わない。要するに、『だれかが世界を作ったのではなく、世界とは関係性から成り立っているのである』という考えかた。なにごとも関係性で見ていくのが、仏教の思考法の特徴です」

なるほど、ものすごくしっくりくる世界観だ。と感じるのは、私が多神教の文化圏で生まれ育ったからだろうか。とにかく、仏教は関係性重視なので、異教の神々に対しても「ウェルカム！」状態。どんどん仲間にしていったということのようだ。

「そんなしかめっつらしてないで、まあ飲もう！」と宴会に誘いまくるおじさん、みたいな感じか？　ちがうか。

「ウェルカム！」状態なのは、龍谷ミュージアムも同じだ。西本願寺は浄土真宗だが、龍谷ミュージアムでは宗派に関係なく、仏教に関するあらゆることを研究・展示している。

「これは自分への戒めでもありますが、日本のお坊さんは、自分のいる宗派のことしか知らない傾向にある。しかし、もうちょっと視野を広く持たないと、仏教の一番革新的なところをみなさんに伝えられないと思うのです。さきほども申しあげたとおり、うつくしい仏像も絵も、対立する勢力がひしめきあう地域で、全部人間によって作られたんですよ！（高まってきた入澤さん）すごいことじゃないですか。かれらがどんな思いで、なにを伝えようとして、仏教美術を生みだしたのだろうかと想像すると……！（感極まった入澤さん）そういう創造的な気運、エネルギーが、現代の日本仏教においても、もっと甦《よみがえ》るといいなと願っています」

いま、日本は表面上は平和な時代だ。しかし、「心のなかも平和そのもの、なんの悩みも迷いも恐れもありません」というひとは、ごく少数だろう。仏教ってどういう思想なのかな、と知りたくなったときに、「仏教総合博物館」である龍谷ミュージアムは、とても頼もしい場所となるはずだ。偏《かたよ》りや押しつけがましさがなく、学術的で、しかしわかりやすい展示を行っている点が、個人的には好感度大だった。

「展示品のなかにウイグル語のお経がありましたが、あれはどの向きから読むものなんでしょうか」

「ウイグル語は横書きをする文字ですが、あのお経は縦書きしています。なぜかというと、漢文で書かれた中国語の経典を、ウイグル語に翻訳したからです。中国の経典は縦書きだから、ウイグルの人々はそれにならって、わざわざ縦書きにしたんです」

へえ！「これは大切な文章だから、漢文バージョンと同じ形式で書き記したほうがいいんじゃないか」「そうだな、縦書きにするか」と、ウイグルの人々が敬意を払った結果なのかなあ、などと、いろいろ想像をかきたてられる。

お経には、「偽経《ぎきょう》」がいっぱいある。展示してあるウイグル語の経典も、偽経なのだそうだ（註：偽経とは、原典から翻訳したのではなく、漢訳経典をもとに作られたお経。たとえるなら、ドストエフスキーの『罪と罰』を、ロシア語から日本語に翻訳するのではなく、英訳版から日本語に翻訳したうえ、ダイジェストにしたり、なんかちょっと『罪と罰』とはちがう話を混ぜちゃったりしたような感じだ。たぶん）。

「正統的な仏教研究では、偽物の経典は価値がないものとして、脇に追いやられてしまいます。しかし、その地域で仏教が確実に定着し、人々の信仰を得ていたことをまぎれもなく示す証拠というのは、実は偽経のほうなんです」

「仏教を信じるひとがいたからこそ、土地土地で独自のお経が編まれていったということですね」

「仏教がいかに民衆の心をつかんだかということは、仏像や絵やレリーフのようなイメージを通して、あるいは偽経の存在からこそ、わかるのです。仏教の多様性を前面に出すため、あえて偽経も展示しています」

「いままで見たこともなかった文字の連なりから、『なんとかお釈迦《しゃか》さまの教えを知りたい、広めたい』という、当時の人々の熱い思いが感じられて、とても胸打たれました。『まだ解読できてはいないが、どうやら経典らしい』という文書もあるんですか？」

「たくさんあります。大谷探検隊が持ち帰った文字資料だけでも、十三種類の文字と、十五種類の言語が確認されています。シルクロードで、いかに多くの民族が仏教を受容したかが、その点からもわかります」

展示品のひとつに、ベゼクリク石窟《せっくつ》壁画の実物大復元コーナーがある。

ベゼクリク石窟は、トルファン郊外にある仏教の寺院遺跡だ。石窟内は回廊状になっていて、天井までの高さは約三・五メートル。通路の幅は約一・二メートル。その両側の壁一面に、巨大な仏教壁画が描かれている。

龍谷ミュージアムでは、通路の幅もほぼそのままに、復元した壁画を展示している。狭い通路を歩くと、色彩豊かでうつくしい壁画がのしかかってくるみたいだ。

自分も壁画のなかにまぎれこんでしまったような、壁画に描かれた人々がこちらを見ているような、不思議なトリップ感がある。

十九世紀から二十世紀にかけて、大谷探検隊も含め、各国の探検隊がいろんな壁画を発見し、はがして自国へ持ち帰った。ベゼクリク石窟壁画の大部分は、ドイツの探検隊が持ち帰ったのだが、第二次世界大戦中にベルリンの大空襲で破壊されてしまった。

「壁画をはがして持ち帰る

ベゼクリク石窟壁画の復元展示。L字形の回廊が約15メートルつづいています。煩悩まみれの内心を見られてしまう……と、つい早足に

って、いかがなものなんでしょうか」

「もちろん批判はあります。しかし当時、現地の住人たちは、壁画をどんどん壊していたんですよ。壁画の成分がいい肥料になる、ということで」

「え、そうなんですか？」

「まったくのデマです。もうひとつ、壁画の人物が夜な夜な絵から抜けだして、村を襲いにくるとも言われていまして。住人たちが恐がって、壁画の顔をつぶしていたんです」

「……それもデマですよね？（↑恐くなってきた私）」

「はい（と言いつつ、思わせぶりに微笑《ほほえ》む入澤さん）。放っておいたら、貴重な壁画が肥料になってしまうということで、保存を目的にベルリンへ持ち帰ったのですが、結果として戦争で破壊されてしまった。皮肉なことです」

そこで、現地の再調査を行い、コンピューターで復元しようという話が持ちあがった。入澤さんもプロジェクトに参加して、ようやく完成したのが、この復元壁画だ。

「閉所恐怖症気味なので、圧迫感というか迫力があって、早足で通りすぎたい気分です」

「そうおっしゃらず、じっくりご覧ください。私がいままでやった仕事のなかで、この壁画の調査が一番きつかったんですよ」

なんとか通路に踏みとどまり、入澤さんのご苦労の結晶を拝見する。描かれているのは、ブッダの前世の物語だ。一例を挙げると、燃灯仏《ねんとうぶつ》のために髪をほどき泥のなかに身を投げだして、燃灯仏の足が汚れないように自分を踏んで歩いてくれと言う場面。壁画のモチーフはすべて、「命あるものを救済する誓いを立てる」ということなのだそうだ。

「壁画があった石窟寺院は、王さまや王族のためのものでした。壁画のある回廊で、おそらく儀式をやっていたのではないかと私は思っています」

「どんな儀式ですか?」

「寺院の中央には、すでに失われていますが、千手観音がありました。観音のまえで、王族たちは悔過《けか》をする。日本にも『お水取り』として伝わっていますが、自分の罪を告白して心を清めるのです。清めるとどうなるかというと、仏さまを見ることができるようになる。悔過をした王族たちは、明かりを持った僧侶に誘導され、壁画のある回廊をめぐり歩いたのではないかと」

「儀式の最後に、回廊で壁画を目にする王さまは、ありがたさと畏《おそ》れに打ち震えたでしょうね」

「ええ。壁画に描かれているのは、『一切衆生』に対する誓い。自分の身を捨ててでも、ひとや動物を救うということですからね。トルファンは多民族国家で、どうやって異なる民族を束《たば》ねていくか、いかに戦争を起こさず平和を構築していくかが、一番の課題だった。支配階級のための寺院に、この壁画があるというのは、とても重要なことです」

壁画に描かれた人物たちは、風貌《ふうぼう》も衣装もさまざまだ。漢民族風のひともいれば、キャラバン隊の隊長もいる。多様な民族、文化の人々が、ひとつの画面のなかに収まっている。

争いのない世界。みんながお互いを認めあう世界。そんなものは幻想かもしれない。しかし、幻想を現実にしたいと心から願い、実践に努めていたひとたちは、確実に存在した。かれらが心の支えにし、生きる指標にしたのは、仏教だった。

いまは遺跡となって砂に埋もれてしまったかもしれないが、かれらの切なる思いは、経典や壁画という形で残っている。私たちは、博物館でそれを見ることができる。博物館は基本的に「過去」を展示する場所だと思うが、それは死んで冷たくなった「過去」ではなく、いまも生きつづけ、熱い生命と思いを宿している「過去」

なのだ。

いずれは、すべてが砂に埋もれる運命なのだろう。でもさ、自分を戒めず、あらゆることに見て見ぬふりでボーッと過ごすより、幻想の実現を願い、行動して生きるほうが絶対にいいよ！　そうすればきっと、何千年後かにも、砂のなかで輝くものが残るはずだよ！　発掘するひとがだれもいなくても、それは宇宙空間へ向けて光を放ちつづけると思う！

といったような、壮大な昂《たかぶ》りを感じたのだった。ひとの心と思考と表現を知るうえで、龍谷ミュージアムはおすすめの博物館だ。

もうひとつ思ったのは、人類の名誉のためにも、将来の発掘に備えるって大事かもしれないなということだ。シルクロードで経典が発掘されたように、遠い未来に砂のなかから貴いものが発掘されれば、人類の面目も立つ。しかし、まかりまちがって私のレシートが発掘されてしまったら、どうだろう。「二千年前のひとって、鶏のムネ肉ばっかり買ってたっぽい」と、誤った認識を未来人に植えつけることになりかねない。あちゃー。たまには奮発してモモ肉を買うか……。

◎文庫追記：龍谷ミュージアムの平常展は「シリーズ展」と名称を変えたが、仏教がいかにしてインドからアジア各地へ広がっていったのか、いまもいろんな角度から精力的に展示しておられるもようだ。むろん、特別展と企画展も頻繁に開催中。やはり仏のご加護があるとしか思えない、大充実の活躍ぶりである。入澤崇さんは館長を退任され、現在は龍谷大学の学長を務めている。そうか、館長時代も、文学部の教授を兼任なさっていたのか（大学のホームページではじめて略歴を確認した↑もっと早くに調べておけ自分）。入澤先生の講義はおもしろいだろうな（わかりやすいし、先生わりと感極まるし）と推測する。

data

龍谷ミュージアム

開館時間★10時～17時（入館は16時30分まで）　休館日★毎週月曜日（月曜日が祝日の場合は火曜日）、そのほかミュージアムの定める日　料金★シリーズ展　一般550円　問い合わせ先＝TEL：075-351-2500　京都府京都市下京区堀川通正面下る（西本願寺前）　HPあり

第4館

奇石博物館

おそるべし！ 石に魅せられた人々の情熱

順調につづく博物館探訪。さて今回はどこへ行こうかなあと、博物館のリストを眺めていたところ、「奇石《きせき》博物館」なる名前を発見した。え、石の博物館なの？ ヘンテコな石が展示されてるの？

ちょっと調べてみたら、現在は財団法人化されているが、博物館を立ちあげたのは個人のようだ。つまり、私設博物館なのである。

うーん、謎すぎる。石は、そこらじゅうに転がっている。そんな「石」をテーマに、いったいだれがなぜ、「博物館を作ろう！」と思い立ったのか。どういうひとが見物に訪れているのか。いろいろ気になる。

思い返してみれば、これまで本書で訪れた博物館でも、石はけっこう重要な位置を占めていた。たとえば、「尖石《とがりいし》縄文考古館」には「石棒《せきぼう》（男根状の石製品）」が、

「国立科学博物館」には「鉱石・鉱物・隕石《いんせき》」のコーナーが、「龍谷《りゅうこく》ミュージアム」には石を彫って作られた仏像があった。歴史的にも科学的にも文化的にも、石は我々にとって身近な存在なのだ。にもかかわらず、私は石についてなにも知らず、特に注意を払うこともなく過ごしてきてしまった。

これはいかん！　奇石博物館へ行って、石について少し学んでみようではないか。それに、私設博物館というのもいい。いままで訪ねたのは、国や自治体が運営していたり、大学が母体となって設立されたりした博物館だった。組織ではなく個人の情熱（しかも、石に対して発揮された情熱）が、いかなる博物館を作りあげているのか、ぜひとも見たい。

というわけで、二〇一四年四月上旬、静岡県富士宮《ふじのみや》市にある奇石博物館へ行った。新幹線の新富士《しんふじ》駅からだと、タクシーで四十分（!）。最寄りの身延《みのぶ》線富士宮駅からでもタクシーで二十分と、アクセスはあまりよくない。しかし車をお持ちのかたなら、ドライブがてら訪れるのに最適の立地だ。なにしろ富士山がとてもきれい！

ちょうど花見の季節だったからか、私が乗ったタクシーの運転手さんは、「浅間《せんげん》大社《たいしゃ》にも寄るといいよ」と猛プッシュしてきた。その言葉に負け、帰りがけに浅間大社（富士宮駅から徒歩十分）にお参りしたのだが、たしかに桜がとてもきれいでした。「B級グルメ」で有名なやきそばも食べた。うまうま。奇石博物館周辺は見どころがたくさんあるのだ。

博物館自体も、敷地が広々としており、超特大かつ美麗な富士山を見ることができる。芝生の広場や、お弁当を広げられる屋根つきのデッキなどがあって、家族やカップルでのんびり楽しめるつくりだ。週末と祝日、ゴールデンウィークや夏休みには、「宝石探し体験」も行われています（三十分六百円。回数券もあるよ！）。水を張った砂利のなかに、四十種類以上の「宝石」が埋まっていて、見つけると持ち帰れる仕組みだ。これが大人気だそうで、大人も子どもも夢中になって砂利をすくっているのだとか。

私が行ったのは平日だったので、「宝石探し体験」はせず、博物館の展示のみを見てきた。これだけでも大充実。とにかく、隅々まで工夫が凝《こ》らされた、雄大な富士山の裾野《すその》にある気持ちのいい施設なので、レジャーにぜひどうぞ。「奇石」という名称が若干得体が知れないためか、秘宝館的なものなのかと警戒し、たまに、「子ども連れでも入れますか？」とおそるおそる聞いてくるかたがいらっしゃるとのこと。大丈夫です、いかがわしくありません！

さて、博物館のなかをご案内しましょう。チケットを買って入口ホールへ入ると、中央には木箱がたくさん積みあげられている。壁際にはアンティークな雰囲気の戸棚や、巨大な恐竜の骨の化石などがある。木箱のなかにも戸棚にも、見たことのない石（きれいだったり、不可思議な形状だったり）が収められている。うおお、わくわくする！　「掘りだした石や化石が、木箱に入った状態で、いま博物館に届きましたよ」といった感じの演出だ。ちなみに、入館チケットには展示品の写真がカラーで印刷されているのだが、これは全部で五種類あるそうだ。何度も通って、コンプリートしたくなる。

「ふおお」と木箱のなかを覗《のぞ》きこんでいたら、戸棚のまえに立っていたおじさんが手招きする。いかがわしくはないが、あやしい……。そろそろと近づいていくと、おじさんは「石上《いしうえ》です」と名乗った。館員のかたが入館者に向けて、まずはホールで石についての解説を行ってくれるのだ。漠然と展示品を眺めるのではなく、最初にレクチャーを受けると、石に対する興味が俄然《がぜん》湧《わ》いてくる。解説コーナーがあるおかげで、チビッコの食いつきがよくなり、滞館時間が長くなるのだとか。

石上さんは、本名は井上《いのうえ》さんだ。解説コーナーを担当する館員のかたは、みなさん「石ネーム」を持っているらしい。たとえば私（三浦《みうら》）だったら、「石浦《いしうら》」といったように。これもまた、「名前に『石』がついてる！」と、チビッコに大受けなのだそうだ。

石上さんは、「立て板に水」ならぬ「立て板に大量の小石」といった名調子で、石について解説してくださった。背後の戸棚から、こぶし大の石を取りだし、台に置く。薄茶色で、ざらざらした感じの地味な石だ。

「これはね、メノウ。メノウ自体は、日本でも採れるからめずらしくない。表面を削って磨いたものが、こっち。つるつるになって、うつくしい光沢と模様が現れる」

「おー、きれい」

「こちらはブラジル産のメノウ。削ってく途中のものなんだけど、よく見て。これはめずらしいよ」

と、石上さんは石を揺らした。丸っこい石の上部を、スパッと真っ平らに切って磨いたものなのだが、内部でなにかがゆらゆら動いている。

「なんだろう、なんか入ってますね」

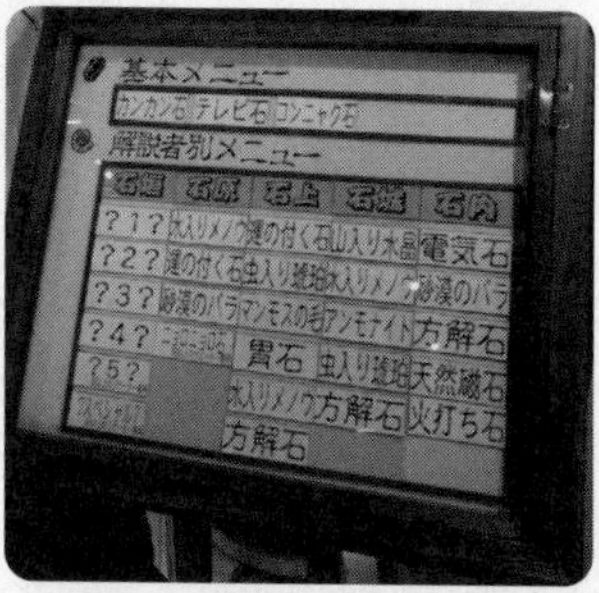

入口ホールの解説コーナーにある案内板。「石ネーム」の解説員さんが、戸棚からめずらしい石を取りだして説明してくれる

「水だよ。三千万年前の水。これは水入りメノウなんだ」

「へえ！　触ってもいいですか」

「いいよ。飲んでもいいいよ、おなか壊すかもしれないけど」

飄然《ひょうぜん》とした口調のままジョークを言う石上さん。飲んじゃだめですよ、みなさん！　腹具合が大変なことになること請けあいですよ！

私は石を手に取り、揺らしてみた（この博物館では、触ってもいい展示品がかなりある。それがまた楽しい）。石の断面を見ると、表面の茶色い部分はかなり薄く、中身は黒っぽいことがわかる。皮が極薄のまんじゅうの中身に、あんこがぎっしりつまってる感じだ。あんこ部分には、もやのように白い模様があって、銀河のようにも見えるのだった。そっと揺らすと、銀河のなかで水が動いているのがわかる。この石ができたときに、一緒に水も入ったらしいのだが、不思議だなあ。

3000万年前の水が入ったメノウです

解説コーナーでは、水入りメノウのほかに

も、多種多様な変わった石を取りあげ、説明してくれる。上級者（リピーター）向けの石も用意しているので、お申し出ください、とのことだ。

「石上さんは、もともと石がお好きだったんですか？」

「いや、全然。頭は石かもしんないけど。私は定年後に、これまでとはちがう仕事をしたいと思って、ここへ来たから。でも、勉強してみるとおもしろいよ。石って奥深くてね」

と、石上さんの「立て板に大量の小石」解説は流麗につづくのであった。

いよいよ、ホールから展示室へ足を踏み入れる。途中の通路にも、石をモチーフにした品々や鉱山で使われていた道具が飾ってあるので、注意深く探してみてください。

展示室に入ってすぐのところに、「お待ちしておりました」という、博物館からの挨拶のプレートがある。しかしなぜか、ホラー漫画書体（ちょっと震えてる感じの字。ホラー漫画のナレーション部分とかによく使われている書体）。ていうか、ほかの説明書きのプレートも、ほとんどがホラー漫画書体。恐竜のウン〇の化石が展示されたコーナーにも、「あなたも触ってウンだめし！」と、やはりホラー漫画書体で書いてあるのだった。

なんで？　ふつうに、真面目《まじめ》に、挨拶や説明をしてくれているのだが、妙にこわいという罠《わな》。

奇石博物館には、手づくり感あふれる楽しい隙《すき》というか仕掛けが、ほかにもたくさんある。そのひとつが、ご当地キューピーちゃん。石と戯《たわむ》れる形で、各地のご当地キューピーちゃんが飾られている展示ケースがあるのだ。なぜ唐突にキューピー……、と思うのだが、楽しく石を見てもらおうという館員のかたの気持ちが感じられ、すごくなごむ。

工夫がいっぱいで、石の素人《しろうと》であっても、眺めているだけで冒険気分を味わえる奇石博物館だが、実は収蔵品の質と量も超一級。

古代ギリシャのころから「石好き」なひとはいたようで、石や化石はたくさん収集されてきた。人類はきれいな石や不可思議な生き物の化石を見て、「これはなんなんだろう」と考えつづけてきたのだ。日本でも、江戸時代に木内石亭《きのうちせきてい》というとんでもない石好きが出現した。彼は、『雲根志《うんこんし》』という石についての本を書き、石を愛好する人々が集《つど》う「奇石会」（いまで言うサークルだ）を作ったうえに、交通手段も通信手段も限られていた時代にもかかわらず、日本各地の石を二千種類も収集した。「奇石会」のメンバーには、平賀源内《ひらがげんない》もいた。奇石博物館の名前は、このサークル名から採られた、由緒正しいものなのだ。

いやはや、石に魅せられたひとの情熱、おそるべし。

では、奇石博物館を作ったのは、だれなのか。植本十一《うえもとじゅういち》氏（一九一二〜一九七六）だ。植本氏は印刷業を営んでいたのだが（戦前の美術印刷の第一人者なのだそうだ）、一九六四年に、白山《はくさん》の山中で不思議な石を見つける。その石は、展示コーナーの一番はじめに飾ってあるので、ぜひご覧ください。

「龍眼石《りゅうがんせき》」と呼ばれる石で、灰色のごつごつした大きな石のなかに、真っ黒な球がポコンとはまっている。私は、灰色部分をうまく磨いて、球状の黒い球がはまっているような形にしたのかと思ったのだが、そうではなかった。灰色の石をトンカチかなにかでパカッと割ると、もともと内部に収まっていた黒い球が現れるのだそうだ。

植本氏とこの龍眼石との（運命の）出会いが、すべてのはじまりだった

実は龍眼石は、我々が気づいていないだけで、採れる場所ではけっこうごろごろしているらしい。しかし、不思議な形状であることに変わりはない。龍眼石を

見つけた植本氏は、自然の造形にいたく感動し、たまたま富士山麓《さんろく》に土地を持っていたので、一九七一年、富士宮に奇石博物館を建てたのだった。

　初代館長だった植本氏の情熱は、没後も引き継がれ、いまも石好きたちの心をつかみつづけている。全国から石や化石が寄贈されたり、博物館も熱心に収集をつづけたりして、収蔵品はなんと約一万七千点に！　国立科学博物館にも、展示品を貸すことがあるほどなのだった。石に魅せられたひとの情熱、おそるべし……（二度目）。

　かなりの時間をかけ、館内を見てまわる。なにしろ、展示された石はめずらしいものばかりだし、展示のしかたもすごく凝っていて、飽きるということがないのだ。笑ったり驚いたりしながら一巡したのち、学芸員の北垣俊明《きたがきとしあき》さん（石ネームは石垣《いしがき》さん）にお話しをうかがった。

「石に特化した博物館は、ほかにもあるんでしょうか」

「公立の博物館のなかには、石を地学として扱うコーナーがありますし、鉱物の博物館や化石の博物館など、専門的な分野ごとの博物館はあります。でも、化石、鉱物、岩石、江戸時代の古いコレクションまで含めた、『総合的な石』に特化した博物館は、たぶんうちだけだと思います」

「それを私設で運営しているというのも、すごいですね」

「初代館長の植本が見つけた『龍眼石』。あれを鑑定したのが、鉱物の専門家だった益富寿之助《ますとみかずのすけ》博士です。益富博士から、標本を四百点ぐらい寄贈していただいたところからスタートして、現在も寄贈してもらったり、交換したり、買い付けに行ったりなどして、収集に努めています」

「買い付け!?　石を取り引きする市場があるんですか?」

「世界的に一番大きなショーが、毎年一月から二月にかけて、アメリカのアリゾナ州で開かれます。ツーソンという町が会場で、会期は二、三週間ぐらい。私たちも行きますが、業者が宿泊している街道沿いのモーテルが、昼間はお店になるんですよ。『こんにちは』と部屋に入っていくと、ベッドのうえに化石や石の標本が並べてある」

「へえ、おもしろいですねえ」

「高級なホテルの一室で商いをするひともいるし、扱われる品はピンキリですね。博物館クラスの標本から、子どもたちが何セントかで買える標本まで、いろんなものが出品されます。日本でも、新宿《しんじゅく》で有名なショーが開催されていて、世界中からいろんな業者が来ますよ」

まったく知らなかったが、本当に奥深いんだな、石の世界……。

奇石博物館の展示品は、毎月少しずつ入れ替えをしているそうだ。学芸員は北垣さんを含めて三人とのことで、一万七千点の収蔵品のなかから、千八百点（！）の展示品をどう構成するか、想像するだけで気が遠くなる作業だ。しかし、北垣さんは生き生きと、博物館の改装プランについても語ってくださった。私は展示品の入れ替えを想像しただけで気絶しそうになってるのに、博物館自体の改装まで視野に

うさぎの尻尾みたいなオケン石。
カルシウムを主成分とする鉱物なんですって

草食恐竜のフンの化石。
触ってもいい展示品だが、ややためらう……

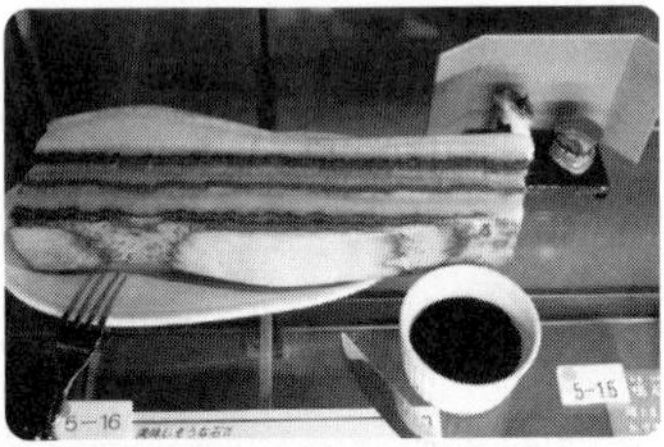

「猪肉石」「豚肉石」と呼ばれる方解石。
食器が添えられた展示でおいしそう！

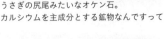

入れておられるとは。それもこれも、博物館を「わくわくする」場所にし、楽しく石に接してほしい、という願いに基づいている。石に魅せられたひとの情熱（三度目なので、以下略）！

奇石博物館では、「人面石」などは扱っていない。それは偶然がもたらした模様にすぎないからだ。この博物館が扱うのは、科学的な成因に基づく、不思議だったりうつくしかったりする特徴を持った石だ。叩《たた》くと澄んだ音がしたり、ぐにゃぐにゃと曲がったりする石。「石をとおして感動することから、自然科学の扉を開けよう」というのが、奇石博物館のテーマだ。

そう、曲がる石があるんですよ！　通称「コンニャク石」（標本名は「撓曲性砂《とうきょくせいさ》質片岩《しっへんがん》」）。一センチほどの薄さで、おふだみたいな長方形に切ってある。この石、指先でぐにゃぐにゃ曲げることができるのだ。砂粒が固まってできた石で、粒と粒のあいだに目には見えない隙間があるので、しなやかに曲がるらしい。

コンニャク石の展示が、また妙でしてね。おふだ状のコンニャク石に目鼻と手をつけ、かつおぶし削り器みたいな直方体の箱のうえに載せてある。箱は二個あって、それぞれ、仰向《あおむ》けのコンニャク石とうつぶせのコンニャク石が載っている形です。箱からは、電気仕掛けで棒が突きでたり引っこんだりする。コンニャク石は、足のほうを箱に固定されており、突きでた棒に押しあげられて、目鼻のついた上体部分のみが起きあがる。

つまり、コンニャク石に腹筋背筋をさせているのだ！　謎の展示が多い奇石博物館なのであった。

「これ、まさかコンニャク石のためだけの機械じゃないですよね？」

「いいえ、コンニャク石のために作ってもらいました」

「ぎゃふん！　わざわざ⁉」

「ええ。石を擬人化すれば、特徴がわかりやすいし、親しみやすいだろうと思いまして。この機械を使った、コンニャク石を曲げる実験は、一九七八年からつづけているんです。コンニャク石が折れるまえに機械が壊れちゃったんで、作り直したんですけどね。ははは」

「……」

「その実験を見た来館者のかたが、『なんだか腹筋してるみたいだ』とアンケートに書いてくださったので、目鼻をつけてみた。そうしたら今度は、『背筋も作ったらどうですか』というアンケートのご意見があったので、背筋バージョンも作りました！」

「…………」

アンケート箱の鍵は館長の酒井《さかい》陽太《ようた》氏しか持っておらず、館長は一通一通じっくり読むのを楽しみにしているのだそうだ。館内には、来館者アンケートと、それに対する館長の熱きお返事が掲示されたコーナーもあるので、必見だ。もはや四度目を言う必要もあるまい。石好きの情熱、俺の予想を軽々と超えている！

「コンニャク石の曲げ実験で、なにを探ろうとしていらっしゃるんですか？」

「いえ、特には。曲げつづければ、コンニャク石はいずれは風化してぼろぼろになってしまうんですが、『いずれ』と言っても、地球の歴史のなかでのことです。何万年かすれば、ばらばらの砂になってしまいますけれど、人間の一生のなかでは目にすることはできませんから」

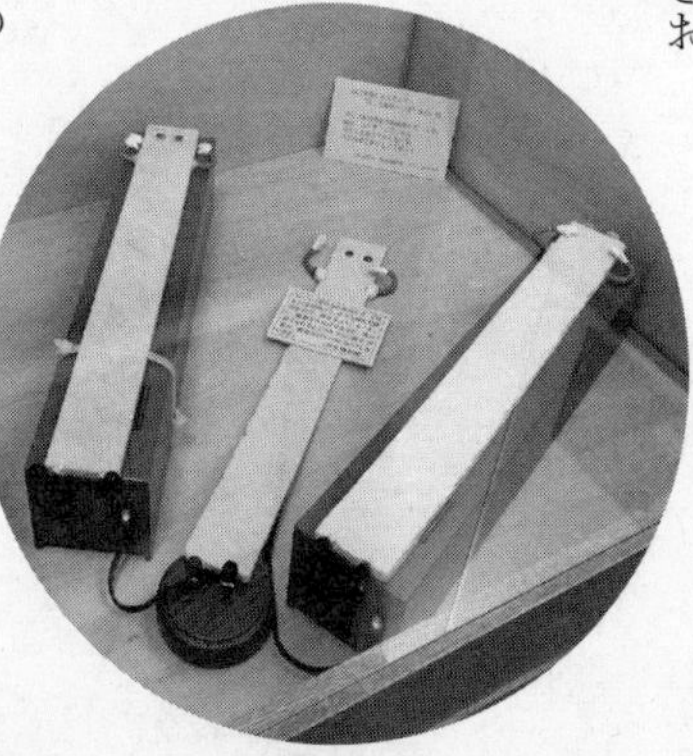

専用機械のうえで腹筋背筋をするコンニャク石。かたわらには「やわな体を鍛えとこうぜっ！」という解説文が……

と話すうちにも、黙々と腹筋背筋をつづけるコンニャク石たち。何万年か……。悠久ともいえる時間、地球にありつづけてきた石。人類が滅んだあとも、石は残る。いままで見過ごしてきた「石」という物質の不思議さ、個性、存在感に、奇石博物館に来てはじめて気づくことができた。

「北垣さんは、この博物館で何年ぐらい働いていらっしゃるんですか」

「二十数年になりますね。私は最初、光りものをやっていたんですよ」

「光りもの？（サバとかコハダとか？）」

「鉱山とか鉱床《こうしょう》、鉱物のことです。この博物館に来てからは、石全般、すべてを知らなければいけませんので、火山岩や堆積岩《たいせきがん》などについても学びました」

「鉱物を専門にしようと志したのは、どうしてなんですか？」

「もともとは虫が好きだったんですが、近所のお兄さんが石好きで、石の採集に連れていってくれたんですよ。幼稚園にあがるまえぐらいのことですね。それで、水晶《すいしょう》を拾って、うれしかったなあ。私は鳥取の出身なんですが、鳥取県立博物館が近くにあって、通いつめていろいろ質問してね。学芸員のかたが親切で、ひとつひとつ答えてくださって、それからはもう石に夢中です」

すごく納得した。北垣さんは、ド素人の私の質問にも丁寧に答えてくださるかたなのだが、それは子どものころ、博物館と学芸員さんに石への興味の扉を開いてもらった、という思いがあるからなのだろう。奇石博物館が、楽しく、しかし科学的に石と接することができるよう、心を尽くした展示を実現しているのも、歴代館長や北垣さんはじめ、石を愛するひとたちが、思いをこめて運営しているからだ。

「石や鉱物の研究をしたいと思ったら、どうすればいいんでしょうか」

「大学だと、地球科学という学問を選択すればいいと思います。物理学や地球物理学という切り口もありますね」

「いずれにせよ、理系か……（無念）」

「小学生のころから、奇石博物館を何度も訪れてくれた子がいて、『大学で地学を専攻しました』という手紙をもらいました」

はじめて水晶を見つけたときも、きっとこういう表情だったんだろうな、と想像できるぐらい、北垣さんはうれしそうだった。

北垣さんは、博物館の広々とした庭に出て、石を手にした。錆《さ》びたような赤い筋が入っているが、なんの変哲もない石だ。その石を、北垣さんがトンカチで割った。するし断面に、金色の輝きが！

「わー、金だ！」

「残念ながら、金ではないんです。これは黄鉄鉱《おうてっこう》。通称『愚者の金』と呼ばれています。赤い筋は、温泉が染みこんでできた跡。温泉の近くの河原には、ごろごろしてますよ」

はい、と北垣さんは、断面がきらきらした石を手渡してくださり、割ったもう半分は、ぽいと草っぱらに放り投げた。

「捨てちゃうんですか？」

「子どもたちが見学に来たら、また割ってみせます。とても喜んでくれるので。その半分は、差しあげますよ」

「わーい！」

子どもなみに喜ぶ。だってだって、金としか思えないほどきれいなのだ。

「こういう石が河原にたくさんあるなんて、ちっとも気づかなかったです。石を拾ったら、とりあえず割ってみたほうがいいですねえ」

「え……、割ってみないですか？」

ふつうは割・り・ま・せ・ん！

五度目だが、言おう。石に魅せられたひとの情熱、おそるべし!!!

◎文庫追記：奇石博物館の入館チケットは、現在は六種類になっているそうだ。のみならず、収蔵品は二万点に！　そのなかから入れ替えしつつ、常に二千点を展示しているとのこと。増えとる、なにもかもが着々と増えとる！　石に魅せられたひとたちの、とどまることを知らぬ情熱よ……！
北垣俊明さんは、奇石博物館の学芸員さんとしていまも活躍中だ。私は北垣さんからいただいた黄鉄鉱を、大切に棚に飾っている。金じゃなくてもかまいやしない。きらきらしてきれいだし、眺めるたび、楽しかった取材の記憶が蘇《よみがえ》る。

data

奇石博物館

開館時間★9時～16時30分（入館は16時まで）　休館日★毎週水曜日（水曜日が祝日の場合は木曜日）、そのほか博物館が定める日　料金★大人700円　問い合わせ先=TEL：0544-58-3830　静岡県富士宮市山宮3670　HPあり

ぐるぐる寄り道編

熱海秘宝館
「お・も・て・な・し」の満漢全席

「奇石《きせき》博物館」の章で、「奇石博物館は秘宝館ではないので、まったくいかがわしくありません。ご安心ください」といった旨を述べた。

しかし実は、私は秘宝館に行ったことがない。つまり、秘宝館の実態を知らないのである。すみません、いいかげんなことを書いてしまって。もしかしたら、秘宝館もいかがわしくはないのかもしれない。奇石博物館と秘宝館は、案外似ているのかもしれない。

そこを確認すべく、秘宝館に行ってみることにした。はたして、館《やかた》にはどんな秘密の宝が並んでいるのだろうか。ドキドキするなあ。

思い返せば幼少のみぎりから、旅先の道路脇などで目にする秘宝館の看板が気になってたまらず、「行こうよ！」と無数回提案してきたのだが、そのつど「やだよ！」と同行者（家族や友人など）に無数回却下されてきた。ついに念願かなって、秘宝館に足を踏み入れることができるのかと思うと、目頭が熱い。

さっそく「どこにしようかな」と、インターネットたらいう文明の利器を駆使して情報を集めたところ、ものすごくたくさんの秘宝館が廃館になっていた。おお、なんてこと！　我が幼少のみぎりには、ありとあらゆる観光地、温泉地に秘宝館の看板が立っていたような気がするのに……！

幸いにも、静岡県にある「熱海《あたみ》秘宝館」は健在のようだったので、そこに決める。東京都在住の身からすると、熱海は比較的行きやすい。帰りに温泉に浸《つ》かってこようっと。

熱海秘宝館は、熱海城のすぐ下あたり、海に面した山の斜面に建っていた。晴れていたら絶景を眺められるだろうが、私が行った日はあいにくの雨。平日だし、こりゃあわざわざ秘宝館に来るひとは少ないかもしれないぞ、という予想は裏切られ、秘宝館に向かうお客さんがけっこういた。しかも、アベック（死語）ばかり。

秘宝館って、アベックでしっぽり訪れるようなところなのか？　温泉に遊びにきた団体客が、酔った勢いで「ちょっと見てみようか、うしし」と突入する館、というイメージを抱いていたのだが。まあ、最近では団体客自体が減少しているだろうし、もしかしたら秘宝館も、アベック向けのオシャレスポットに生まれ変わったのかもしれん。

そう自分を納得させ、入口でチケットを買う（千七百円）。ロビーには、なんとも形容しがたいオリジナルテーマソング的なものが流れている。昭和感……。受付の横に、カメの置物があった。ニュッとのびたカメの首は、文字どおり「亀頭」を模したものである。むろん、私は早くも、内心で前言を撤回した。やっぱりちっともオシャレスポットじゃない！　ここに来るアベック、相当の猛者《もさ》だよ！

さきに結論を申しあげますと、秘宝館と奇石博物館は、まったく似ても似つかない別物でした。奇石博物館は、とてもまっとうかつ科学的な、れっきとした博物館です。

一方、熱海秘宝館は、明るいエロスに満ちた娯楽の殿堂。すべてが濃い、濃すぎる。陳列物はむしろ、「尖石縄文考古館《とがりいしじょうもんこうこかん》」寄りかもしれませんね……（重要な註：尖石縄文考古館は、とてもまっとうかつ科学的な、れっきとした博物館です！）。

つまり、みなさま容易に予想がつくことと思うが、熱海秘宝館で展示されているのは、性に関係するあれこれだった。しかし、ユーモアでコーティングされていたり、民俗学や生物学的アプローチを採っているふうを装っていたりする。それがなおさら、混迷といい意味でのチープ感を増加させるというか、「なにがしたいんだよ！」と叫びたくなること無数回だった。性の生々しさを極力排除しようという気づかいだろうか？　それとも、当局の摘発をなんとかして逃れようということなのだろうか？　いずれにせよ、涙ぐましい努力が感じられる。

たとえば、「古来、男性器は信仰の対象となってきました」といった旨の解説とともに、石棒《せきぼう》などが床にごろごろ並んでいる。縄文文化を学びにきたのだと思って、やりすごす。「クジラの性器」も展示されていた。「わー、さすがにおっきいなー」と無の境地でやりすごす。

性的な事柄とは、隠そうとするから隠微なエロスを生ぜしむるのである。秘宝館は、その対極と言っていい存在だ。とにかくオープン、すべてが明るくはっちゃけている。無数とも思える男性器や女性器を模した展示物、薄衣《うすぎぬ》だけまとったマネキン人形などなどが、恥じらう素振りもなく（偽物の性器だし、お人形なのだから、当然だが）、次から次へと入場者の視界に入ってくるのだ。秘宝館の展示物に刺激されてエロスを発動できるひとがいたら、相当の強者《つわもの》だろう。満漢全席をようやくすべてたいらげたと思いきや、第二陣、第三陣が続々とテーブルに運ばれてくるようなもの。その状態で、「わーい、食欲無尽蔵だぜ！」と言えるひとはいないのと同じだ。

「おみくじ堂」があったので、おみくじを引いてみた（百円）。機械仕掛けで、マネキンの巫女《みこ》さんがおみくじを運んできてくれる。ポトッと受け皿に落とされたおみくじは、細く丸められ、切ったストローに収められていた。手づくり感……。

おみくじの内容も、ほかの神社などでは見たことがない代物で、私のものには、「ストレスが解消される小穴（小吉）じゃ」と書かれていました。幸運の場所は「旅館・ホテル」、おすすめの体位は「こたつ隠れ」だそうです。親切かつ具体的な託宣、ありがたし。秘宝館に行った記念として、いまもストローごと、大事に財布に入れている。車にはねられたりして、「このひとの身元は」となったときに、おみくじが財布から発見されたらどうしよう、とひやひやだ。そのため、よく左右を確認してから道を渡るようになった。交通安全の護符としても効力を発揮するおみくじだ。

巫女さんが機械仕掛けだったことからもわかるように、展示品はかなりハイテク仕様（？）だ。ハンドルをまわして風を送ると、スカートがめくれる「マリリン・モンロー人形」。立体紙芝居といった趣《おもむき》の「珍説一寸法師」（登場人物の熱演がすごいので、一見の価値ありだ）。

ほかにもたくさん、機械仕掛けの展示品があるのだが、量産されるようなものとも思えないので、たぶんどれも熱海秘宝館の特注品だろう。初期投資にも、機械のメンテナンスにも、相当の額と手間がかかっていると見受けられる。「経済」という観点からすれば、もっと効率のいい商売はいくらでもあるはずで、それでも秘宝館を営みつづけるところに、館員のみなさんの情熱と気概を感じた。

機械を作動させるためのボタンは、軒並み「おっぱい」である。お椀《わん》型のおっぱい（片乳）が壁から突きだしており、ピンクの乳首を押すと展示物が動きだす。いっぱいおっぱいを押してるうちに、脳の回路がおかしくなったのか、「これ、玄関ブザーとして欲しいな」と真剣に考えるようになった。

どなたか市販してくださらんか。かわいいし、デザインとしても秀逸だと思うのだが。

ゲームコーナーもかなり充実している。昭和の温泉ホテルに、ゲーム機が並んだ一角がありましたよね？　ああいう感じです。だが、秘宝館のゲームは、もちろんすべてお色気（というか下ネタ）系。そこが、温泉ホテルのゲームコーナーとはちょっとちがう。このゲーム機も、まさか秘宝館の特注品なのか……？　と遠い目になった。そして遠い目になりつつ、対戦型のモグラ叩《たた》きに興じた。モグラといっても、ただのモグラではない。一方のモグラは男性器を、もう一方のモグラは女性器を模している。無駄にかわいくデフォルメされているのが妙に腹立たしく、ハンマーで男性器型モグラを叩きまくった。

紹介しきれぬほど目白押しの展示品が、精神に波状攻撃をかけてくる。「お・も・て・な・し」が過剰とでも言おうか。とにかくアホらしさに気力体力が奪われ、悟りへと至れること請けあい。私は一時間ほどかけて館内を見てまわったあと、裏手のベンチでしばらく休憩したほどだ。温泉などという俗的なもの（？）に浸かる余力は、到底残されていなかった。

機会があったら、ぜひ秘宝館の情熱と過剰な「お・も・て・な・し」攻撃を浴びてみてほしい。コツは、友人同士でわいわい行くことと、適度に受け流すことだと思う。まちがっても、一人で、集中力を発揮して、展示品の数々を味わってはならない。胃もたれを起こす。

博物館が丁寧に出汁《だし》を取った蕎麦《そば》だとしたら、秘宝館はカツ丼大盛りだ。博物館が数寄屋造《すきやづく》りだとしたら、秘宝館はサグラダ・ファミリアだ。どちらも素晴らしいものだが、方向性はまったく異なる。そして私は年なのか、カツ丼大盛りを毎日は食べられない。これまでどおり、あちこちの博物館を訪ねつつ、油っこい食べ物を腹いっぱいにつめこんで無我の境地に至りたいときには、秘宝館へ行くことにする。

◎文庫追記：手帳を調べてみたところ、熱海秘宝館へ行ったのは二〇一六年八月だった。それからなにか変化はあったかなと、秘宝館のホームページを確認したら、「バイビータウン」という新たな展示コーナーができていた。「ようこそバイブの街へ」と説明書きがあるので、内容はなんとなくうかがわれた気がしたのだが、「TENGAロボも空を舞っています」に至って、自分がなにもうかがいきれていなかったことを思い知らされた。え、TENGAがロボに？　しかも空を舞うの？　だめだ、なにひとつとして意味がわからねえ……！　こりゃやっぱり現地に行って、「新感覚アトラクション　バイビータウン」を見るべきだろう。

熱海秘宝館、あいかわらず熱心かつ活発な運営ぶりである。

第5館

大牟田市石炭産業科学館

町ぜんぶが三池炭鉱のテーマパーク

二〇一四年六月下旬、福岡県大牟田《おおむた》市の「石炭産業科学館」へ行った。三井三池《みついみいけ》炭鉱（一九九七年閉山）があった大牟田市は、かつては炭鉱の町として大変栄えていた。大牟田市と、隣接する熊本県荒尾《あらお》市には、いまも炭鉱関連の遺構がたくさん残っていて、一般公開されているものも多い。町をゆっくりとめぐってそれらを見学したのち、石炭産業科学館で石炭採掘の仕組みや三池炭鉱の歴史を知ろうではないか。そう目論《もくろ》んだのである。

しかし、まずは腹ごしらえだ。私は飛行機が苦手なので、東京から陸路（新幹線と在来線）で、取材前夜に大牟田入りした。七時間近く移動にかかったため、もうふらふらだ（だったら、おとなしく飛行機で行きゃいいのに）。ホテルに荷物を置き、さっそく居酒屋さんに入る。「ふらふら」と言ったわりに元気だな。ビールを一瞬で飲み干してから、落ち着いてメニューを眺めた。

有明海《ありあけかい》で捕れた魚の名が並んでいる。そのなかに、「まじゃくの天ぷら」というのがあった。「まじゃく」って、どんな魚だろう。おつまみ的な料理とともに、それを注文してみることにした。

九州は食べ物がうまい！　二杯目のビールとともに猛然とつまみを食べていたら、「まじゃくの天ぷら」が運ばれてきた。魚じゃなかった。見た目は特大のシャコだった。体長はゆうに十センチ以上、幅も五センチ近くある。しかもそれが、皿に二匹ドーンと載っている。薄くついた衣の下に、揚げられて真っ赤になった殻《から》がほの見える。

ごくり。なにを隠そう、私は無類の甲殻類《こうかくるい》好きなのである。魚の天ぷらかと思って注文したら甲殻類の天ぷらが出てきて、うれしい驚きに涙する。いそいそと頭からかぶりついたら、うまーっ。これすごくおいしいよ！　殻はカリッと、身はやわらかくジューシーかつほのかな甘みがあって、ちょいと塩を振るともうサイコー！　居酒屋で一人盛りあがり、ビールをさらに二杯飲み干した。

そういうわけで、英気を養いすぎるほど養い、万全の態勢で取材当日を迎えたのだった。天気もよく、真っ青な空が広がっている。空路で朝に大牟田入りした編集

Fさんと合流し、タクシーに乗りこんでさあ出発だ！

先述したように、三池炭鉱の遺構は大牟田市と荒尾市にまたがって点在しているので、タクシーを利用すると効率的にまわれる。私は車内でFさんに、前夜に食した「まじゃく」がいかに素晴らしかったかを熱く語った。これからはじまる取材の打ち合わせはそっちのけで、食い気を迸《ほとばし》らせるっていかがなものか……。

すると、タクシーの運転手さんが会話に参入してきた。

「『まじゃく』は筆で釣るんですよ」

「筆って、書道の筆ですか？」

「そうそう。有明海の潮が引いたときに、砂地をちょっと掘ってみる。そうすると、あいつらが棲《す》んでる穴がポコポコと空いてるのがわかるんですよ。その巣穴へ、そうっと筆を差しこむと、『侵入者だ！』と思うんでしょうね。筆のさきにつかみかかってくるので、あとは『まじゃく』ごと筆を引きあげて捕まえればいいんです」

「なんと……。その漁法を発明したひとは天才ですね」

運転手さんによると、有明海では、「まじゃく」釣りは潮干狩り的な季節の行楽で、海辺で筆の貸し出しも行われるのだとか。釣られる「まじゃく」にとっては災難だが、人間がわの武器が筆っていうのが、なんだかのんびりムードでいい。ペンは剣よりも強しってことだな。ちがうか。

この運転手さんもそうなのだが、今回の旅で感じたのは、「大牟田のひと、むっちゃ親切！」ということだ。炭鉱の町と聞き、「少々荒っぽい気風なのかな」などと勝手なイメージを抱いていたのだが、そういう感じは全然ない。遺構を見てまわっていても、こちらがちょっとわからないことがあってまごついていると、すぐにだれかが話しかけてきてくれる。しかも、非常に慎み深い態度で、けれど懇切丁寧に教えてくれるのだ。町を愛していること、石炭で日本の経済や産業を支えてきたんだという静かな誇りを抱いていることが、とてもよく伝わってきた。

さて、まずは「三池炭鉱宮浦坑跡《みやうらこうあと》（宮浦石炭記念公園）」へ行く。レンガづくりの巨大な煙突や、坑道へ降りていくための斜坑口《しゃこうぐち》、そこに敷かれたレールと斜坑人車《しゃこうじんしゃ》などを見ることができる。斜坑人車とは、作業員が坑内に出入りするために乗ったトロッコ列車のようなものだ。内部にベンチが設置されているが、天井は低く、大変狭い。当然、炭鉱には危険がつきものなわけで、これに乗って坑内へ降りていくときは、日常的な仕事とはいえ、緊張感があっただろうなあと推測する。

公園には、坑内で使われていた石炭を掘るための機械も置かれている。狭い空間でも使いやすいよう、いずれもコンパクトで機能的なフォルムだ。なんだかかわいいなと思って眺めていたら、散歩途中の近隣住民らしき初老の夫婦がやってきた。奥さんのほうがおずおずと、しかし笑顔で、「どちらからいらしたの」と声をかけてくる。「東京です」と答えると、「あらまあ」とびっくりしている。そりゃそうだ、平日なんだもの。よっぽどの炭鉱好きだと思われたのだろう、

「このひと、実際に坑内で働いてたのよ」

と、やりとりを遠巻きに見守っていた旦那さんを引っ張ってきた。そこで、お二人からお話しをうかがうことにする。

旦那さんの語った内容をまとめると（にこにこしているが、無口なのだ）、三池で本格的に石炭を採掘しはじめたのは、江戸時代（一七二一年、享保六年）だそうだ。明治になると、「これからは富国強兵、殖産興業だ！」ってことで、三池炭鉱は官営になり、ますます採掘が盛んになった。さらに一八八九年（明治二二年）、三井組（つまり三井財閥）に払い下げられ、三井三池炭鉱となる。

宮浦坑跡に保存されている斜坑人車。地上から石炭がある地層まで、作業員たちを運んだ

三井は採掘や運搬の近代化を進め、石炭を港に運びだすための線路を町に敷いたり、大型の船舶でも停泊できる三池港を作ったりした。

やがて戦争の時代が訪れ、中国や朝鮮半島の人々が強制連行や徴用をされ、炭鉱で働かされた。戦後も、大規模な労働争議（三池争議）が勃発して大混乱に陥《おちい》ったり、炭塵《たんじん》爆発事故で多くのかたが亡くなったりと、暗い出来事もいろいろ起きた。

そういうあれこれのあいだにも、石炭の採掘量は増え、坑道はのびた。最初に掘っていた山のほうから海のほうへ、しまいには海底へと、現場はどんどん移動し、地中深くへ潜っていった。しかし、すでにエネルギーの主力は石炭から石油に移行しており、ついに一九九七年（平成九年）、三池炭鉱は閉山したのだった……。

「私たちは炭住《たんじゅう》（炭鉱住宅。社宅のようなもの）に住んでいたんだけどね」

と、奥さんは言った。「隣近所で助けあって、けっこう楽しく暮らしてた。三井は大きな会社だから、福利厚生もしっかりしてて、レクリエーションなんかもあってね。有名な歌手やらが町に来て、みんなで聞きにいったり。あと、社水《しゃすい》があった」

「しゃすいってなんですか？」

「大牟田は三井の企業城下町で、炭鉱を中心に、三井が町づくりをしたようなもんなの。それで、水道も三井が引いたのよねえ。会社の引いた水道だから、社水。これが安いのよ、一ヵ月三百円！　ところが、炭鉱も閉山になったしってことで、市の水道に切り替わった。そしたら一ヵ月三千円！」

「いえ、それがふつうで、まえが安すぎたんだと思いますが……」

「そうなんだってねえ。びっくりしちゃって、最近は節水に努めてます」

「えっ。最近って、水道が切り替わったのはいつなんですか？」

「この四月」

「ええっ!?」

なんと、閉山から十五年以上経《た》ってようやく、水道が社水じゃなくなったのである。会社も大変だなと思うが、それぐらい、三井と大牟田という土地は切っても切り離せない関係にあるのだろう。平成になってからの閉山なので、三池炭鉱で働いていたひとはいまも大勢大牟田に住んでいるし、三井化学をはじめ、三井関連の会社や工場が現在も大牟田にはたくさんある。三井としても、「炭鉱が閉山になったから、すぐに水道も閉じます」とは、人情面でも実務面でも言いにくかったはずだ。

ご夫婦と別れ、公園の出入り口へ向かう。そこで、三池炭鉱の遺構をボランティアで案内してくれるガイドさん（中年男性）に捕まり、園内に逆戻りして、坑内で使っていた機械についてのレクチャーを受ける。みなさん、熱心かつ親切すぎる！もう永遠にこの公園から出られないかと思ったぜ。

待っていてもらったタクシーに乗り、県境（といっても、住宅街のなかの細い道）を越え、熊本県荒尾市へ。今度は三池炭鉱万田坑《まんだこう》を見学する。

一八九七年（明治三〇年）に開削がはじまった万田坑は、閉山になるまで稼働した、三池炭鉱の主力坑だ。現在は、超巨大な鋼鉄製の櫓《やぐら》（イギリス製の鉄が使われているそうだ）、レンガづくりの事務所や巻揚機室《まきあげきしつ》、石炭を港まで運びだした専用鉄道の線路跡などが残っている。緑の山のなかの、だだっ広く拓《ひら》けた場所に、ドドーンと櫓。草っぱらのなかにうつくしいレンガの建物。これはもう、廃墟《はいきょ》好きにはたまらんだろう。

そう思ったら案の定、若いカップルが何組か遺構を見にきていた。平日にもかかわらず、けっこうな人気だ。腕を組んで野原を歩き、日に輝く櫓を見上げている。かと思えば、ヘルメットをかぶってレンガの建物に入り、巻揚機の仕組みについて説明を受けるカップルもいる。

巻揚機とは、エレベーターを動かす機械だ。作業員のみなさんは、万田坑の竪坑《たてこう》（垂直に掘った穴）から地下に降りた。そののち、地下に縦横無尽に張りめぐらさ

広い万田坑敷地内でひときわ目立つ第二竪坑櫓。滑車でワイヤーロープを巻き揚げて、ひとや資材を乗せたケージを昇降させた

第二竪坑巻揚機室内の巨大な滑車。「きけん」の文字がかわいいですが、ちゃんとヘルメットを装着して見学します

レンガと朽ちつつある木製ドアが廃墟感満点。（文庫註：安全灯室は現在、未公開エリアになっています）

れた坑道（横穴）を進み、採掘作業をしたのである。竪坑を降りたり昇ったりするときに使ったのがエレベーターで、一気に何十人も乗れるケージだ。これを安全に下ろしたり上げたりするため、ワイヤーロープを調節するのが巻揚機室なのだ。

　では、竪坑を降りたさきの坑道はどうなっているかというと、にじみでる地下水で満たされてしまっており、いまは入ることができない（ちなみに万田坑には、竪坑が二カ所あったが、巻揚機があるほうの竪坑は閉山時に埋められた。後述するが、開口しているもうひとつの竪坑は、現在は坑内の水位確認のために使われている）。当時の坑道には、水を汲《く》みあげるたくさんのポンプと、汚れた空気を地上へ排気する扇風機（換気扇のようなもの）が設置されていたそうだ。とにかくすべてのスケールが大きかったことは、残された遺構を見るだけでも感じられる。

　ところで、三池炭鉱関連の近代化産業遺産は、「世界遺産」に登録されそうな気配らしい（註：章末の○印の追記をご参照ください）。ほかの自治体から見学にきた役人っぽいスーツの一団もおり、これからますます遺構の注目度が上がりそうだ。静かな場所にうつくしい廃墟があるという、このシチュエーションが素敵なのに……。世界遺産に登録されたらめでたいことだが、あまりひとが押し寄せすぎてしまうのも残念な気がする。

などと思っていると、レンガづくりの建物にいた受付係のおばちゃんが、お客さんが使ったヘルメットを丁寧に拭《ふ》き、野原に並べて天日干ししているのを発見。のどかだ……。うん、世界遺産になったとしても、たぶんこの雰囲気は失われないはずだ。そう安心したのだった。

万田坑にもボランティアガイドのかたがいて、お願いすると案内と解説をしてくれる。私たちを案内してくれたおじいさんは、海底にのびる坑道で働いていたとのこと。おじいさんによると、坑内で石炭の運びだしに馬を使っていた時代には、馬もケージに乗って竪坑を降りたのだそうだ。

「そしてそのまま、死ぬまでずーっと坑道内にいっぱなしだったそうだよ」

「ええぇっ」

「馬をいちいちケージで上げる必要はないってことだろうけど、いまだったら動物愛護の観点からして、大問題だよね」

か、かわいそうすぎる……。一度坑内に降りたら最後、死ぬまで日の目を見られなかったなんて。しかし、ひとだけでなく馬までもが働きに働いたおかげで、日本は石炭の恩恵にあずかることができたんだよなあ。のうのうと繁栄を享受するだけじゃなく、もうちょっと炭鉱の歴史に詳しくならなきゃいかんぞ自分。

おじいさんからはほかにも、坑内ではヘッドライトの枠の色で身分（主任なのかヒラなのかなどの立場）を見わけたとか、危険を知らせる際には、笛を吹く、ベルを鳴らす、ヘッドライトをはずして振るなどの方法があったとか、興味深い話をいろいろうかがった。

そうだ、万田坑の総合案内所（万田坑ステーション）は、ちょっとした資料館にもなっていて、往時の坑内を撮影した写真や、坑道が地中にどう広がっているかなどを見ることができます。

万田坑の見学を終え、タクシーで大牟田市に戻った。いよいよ、海のそばにある石炭産業科学館へ行く。ここの展示がまた、大変な熱の入りようだった。三池炭鉱の歴史はもちろんのこと、実際に使われていた道具、坑道のポンプや扇風機の仕組みがわかる模型など、盛りだくさんの内容。しかも、ゲーム感覚で遊びながらエネルギーについて学べるコーナーまであって、チビッコのハートもがっちりキャッチ

第二竪坑坑口。壁面にはシダがふさふさと繁り、ひんやりしている。地上からの光が差している四角い穴は、かつては地下264メートルにある坑道まで通じており、ケージで昇降していた

だ。チビッコではないが、編集Fさんと私も夢中になって遊んでしまった。

さらにすごいのは、「地下四百メートルの坑内を再現した模擬坑道」に、エレベーターに乗って降りていけることだ。Fさんはエレベーターのなかで、

「私たちほんとに、そんなに深い地下へと向かっているんでしょうか」

と、やや不安げだった。いや、実際に地下四百メートルに降りているかというと、そうではないような……（もごもご）。楽しい工夫が施されているので、ぜひ石炭産業科学館へ行って、体験してみてください。

模擬坑道には、近代化されて以降の機械の数々が展示されている。首を振りながら石炭層を掘削するロードヘッダー。油圧ジャッキで坑道の天井を支えつつ掘削していくドラムカッター。どれも大きくて迫力満点。薄暗い模擬坑道で青白い光に照らされる機械は、深海魚みたいに不可思議でかっこいいフォルムをしている。

模擬坑道を出て、映像ホールへ行ってみると、三池炭鉱で働いていたひとたちの証言映像を上映していた。楽しかったこと、悲しかったこと、炭鉱とともにあった大牟田の暮らしと仕事を語るみなさんの表情は、穏やかで力強い。このホールで上映される映像は何種類かあるそうだが、炭鉱での事故や労働争議、強制連行や、かつては囚人までをも使役していた事実など、負の側面にもちゃんと触れている。歴

史をきちんと検証し、炭鉱の光と影を語り伝えていこうという意志が感じられる。

個人的に特にすごいと思ったのが、「三池争議」のシーン。実際の争議の様子を撮った映像で、ふたつの労働組合が大集会&大乱闘。なぜか漁船っぽい船まで激突しあって、海賊の戦いみたいになっちゃっている。熱い……。先人たちのパワーに圧倒されるやら呆気《あっけ》に取られるやらであった。

館内を堪能したのち、館長の五本松恵美子《ごほんまつえみこ》さんと、「大牟田・荒尾炭鉱のまちファンクラブ」理事長の中野浩志《なかのひろし》さんに、石炭産業科学館および三池炭鉱についてお話しをうかがった。

「この科学館は市立だそうですね。ということは、五本松さんは市の職員なんですか？」

五本松「はい」

「では、中野さんは？　学芸員さんですか？」

中野「ではないです」

「じゃあ、市役所のかた？」

中野「でもないです」

……いったい何者なんだ、中野さん。お若くて、なかなかシュッとした男性なの

だが、正体不明である。館長の五本松さんも中野さんの隣で、「ねえ、謎ですよねえ」と笑っているばかりだ。追及は諦め、

「では、ファンクラブの理事長ということで」

と一応納得した。「中野さんは、大牟田のお生まれですか？」（↑諦めたと言った直後にまた追及している）

中野「いえ、ちがいます」

「炭鉱が好きで、大牟田に引っ越してきたんですか？」

中野「そういうわけじゃないです」

じゃ、どうして大牟田で、ファンクラブの理事長に!?　顔面にはてなマークを盛大に貼りつけていたら、

「地元にいると、遺構のよさが案外わからないもので、外のひとのほうが魅力に取りつかれて応援してくださったり、引っ越してこられるかたもいらっしゃいますね」

と、五本松さんがフォローしてくださった。中野さんはうんうんうなずくばかりだ。ううむ、鉄

石炭産業科学館の展示室。三池炭鉱で実際に使われた道具も多数展示されています

壁のガードぶり。今度こそ追及を諦め、まずは石炭についてうかがう。

「いま、日本で石炭を掘っているところはあるんでしょうか」

中野「模擬坑道をご覧いただきましたが、ああいう感じで本格的に掘っているのは、北海道の釧路《くしろ》のみですね。採掘量は年間五十万トンぐらい。あとは、北海道で露天掘りが何カ所かあって、そちらも五十万トンぐらい。合計しても約百万トンで、国内で年間に使う石炭は一億八千万トンぐらいですから、国内産は〇・五パーセントにすぎません。残りは全部輸入しています」

「そんなにちょっとしか掘ってないんだ！　石炭はいま、なにに使われているんですか？　工業用でしょうか」

中野「基本的にはそうです。製鉄と発電で八割を消費します。製鉄の際は、鉄鉱石とコークスを燃やして溶かすんですが、コークスは石炭からしか作れません。鉄を作りつづけるかぎりは、石炭を使いつづけるということになります」

「そんなに使うなら、国内でももっと掘ればいいのに。三池炭鉱からは、もう石炭は出ないんですか？」

中野「いえ、掘りつくしたわけではないですが、コスト的に引きあわないんです。坑道がどんどんのびて、海底にまで達した。掘りにいくたびに、片道一時間から一時間半かけて坑内を移動しなきゃいけない。時間がかかるだけじゃなく、掘る場所が遠く、深くなればなるほど、運搬にも、空気の循環にも、水の汲みあげにもコストがかかる」

「三池炭鉱においては、経済的に見合う場所はすべて掘ったということなんですね。万田坑には、『オオヤマヅミ』という山の神さまが祀《まつ》られていました。林業の世界でも信仰されている神さまです。また、科学館の模擬坑道にあったような掘削機械を、以前にトンネル工事の取材をしたときに見ました。トンネルの現場のことを、たとえ海底トンネルであっても『ヤマ』というそうです。林業、炭鉱、トンネル業界は、技術的にも文化的にも近しいものがあるなと感じたのですが、いかがですか」

中野「たしかに、炭鉱の技術がいろんなところに波及したケースは多いようです。ロードヘッダーもトンネル掘削用に転用されたそうですし、高速道路のトンネルに空気を送る送風機も、炭鉱の扇風機がもとになっています」

「へえー。万田坑を見てはじめて気づかされたのは、地下へ新鮮な空気を送るのがいかに大変かつ大切かということです。坑道には、『通気門』という二重の扉があったそうですね」

中野「万田坑もそうですが、坑口《こうぐち》は基本的に二カ所あります。一方から空気を出し、一方から空気を入れて、血管の動脈と静脈のように、坑道内の末端まで新鮮な空気を送る仕組みです。入気がわの坑道と排気がわの坑道は、地下で並行して走っているのですが、両者を行き来するための坑道もあります。ここがいつもつながっていると、空気が末端まで届かないので、通常は二重の扉で閉じられていた。それが『通気門』です。坑道に新鮮な空気を送ること、坑道から水を出すこと。このふたつをしないと、坑内でひとが活動できません」

「なるほど。水といえば、社水というのがあったとうかがいました。料金がとても安かったって」

中野「石炭を掘っていたら住人の井戸を壊しちゃったんで、かわりに水道を引いたんです」

「弁償がきっかけだったのか!」

中野「はい。そう褒められた話でもないのです」

五本松「ただ、井戸を壊されてないおうちも、社水を使ってたらしいんですよ」

中野「最初は弁償ということで、川から水道を引いて、どうせならと炭住にも会社にも供給して、そうしたら水道管を引く途中にある家も、『ついでにうちにも通してよ』となったそうです」

おおらかというかアバウト……。

ちなみに、坑内に満ちてくる水（飲料水とはまったくべつ）は、現在も汲みあげつづけているのだそうだ。

中野「坑内水の水位がある程度以上あがると、田んぼがしっけてきて稲が育たなくなるらしいんです。それで、三井鉱山の後継会社の日本コークス工業が、いまも毎日、水位や水質を計測しているそうですよ」

先述したように、閉山の際、万田坑や宮浦坑の竪坑はふさいだのだが、そのままにした竪坑もある。坑道から湧《わ》きでた水の水位や水質は、残した竪坑に計器を下ろして調べるらしい。閉山後もいろいろしなければならないことがあって、炭鉱というのはなかなか大変である。

「来年、世界遺産に登録されるかもしれないそうですが、ピリピリしたムードが漂っていますか？」

五本松「今年はさすがに、『どうなるだろう』と緊張している感じですね。国内よりも外国のかたに、遺構の価値を認めていただけているようですが、もし実際に登録されるとなったら、今後どうやって保存と活用を両立していくかが、けっこうむずかしい課題です」

「万田坑は、屋外にドーンとありますもんね。この科学館も登録されるんでしょうか」

五本松「いえ、うちはされないでしょう」

中野「ここには視察も来ないもんねえ」

ピリピリムードと言いつつ、五本松さんと中野さんはのほほんとしているのであった。

「では、科学館の展示でアピールしたいポイントはどこですか?」

中野「模擬坑道！　機械をぜひ見ていただきたい！」

「あれはすごいですよねえ。ディズニーランドみたいで。私、ディズニーランドに一回しか行ったことないんで、適当なこと言ってますが」

中野「私も一度も行ったことないから知らないんですが、『ディズニーランドみたい』って、お客さんによく言われますね」

中野さん、あなたもディズニーランドに不案内か……。うむうむ、とうなずきあう。

五本松「記録映像もぜひ。もちろん、科学館だけではなく、町にちらばったさまざまた炭鉱関連の施設をまわっていただきたいですね。町で実物に触れて、知識や詳しいことは科学館で確認すると、より楽しめるのではないかと思います」

本当にそのとおりだ。町全体がテーマパークのようで、散策したり、中心部にある市役所のレトロな建物を見たり、とっても楽しい時間を過ごせる。仕上げに石炭産業科学館に来れば、見てきたばかりのあれこれについて、改めて深く知ることもできる。体も頭も動かして、大充実の一日だった。

「最後に、中野さんがどうして『炭鉱のまちファンクラブ』に入ったのか知りたいです。三池炭鉱のような近代化遺産が、もともとお好きだったんですか？」（↑まだまだ追及を諦めていなかった）

中野「いや、ひとから誘われただけで、最初は全然」

「……ご出身はどちらですか？」（↑食い下がる）

中野「広島県です」

中野さんが、ちょっとだけ心を開いてくれた瞬間！　中野さんに関する個人情報で、開示されたのはこれのみ。やっぱり正体不明のまま、取材は終わったのだった。石炭や三池炭鉱にめっちゃ詳しい中野さん。あなたはほんとに何者なんですか？

私たちの攻防を見ながら、五本松さん（大牟田出身）が「うふふ」と笑っていた。

〇「明治日本の産業革命遺産　製鉄・製鋼、造船、石炭産業」が、二〇一五年七月、世界遺産に登録されました。そのなかに三池炭鉱宮原坑《みやのはらこう》、万田坑などが含まれています！　ぜひ見学に行ってみてください。

◎文庫追記：五本松恵美子さんは館長を退任されたが、謎のベールに包まれた中野浩志さんは、ひきつづきファンクラブ理事長としてご活躍中とのことだ。博物館は館員のかたのみならず、展示対象を愛するひとたちの熱意によって、より内容が深まったり進化したりしていくものだし、交流の場としても機能しているんだなあと、中野さんの活動と博識ぶりを拝見して、つくづく思った。

data

大牟田市石炭産業科学館

開館時間★9時30分～17時　休館日★毎週月曜日（祝日の場合は次の平日）、12月29日～1月3日　料金★大人420円　問い合わせ先=TEL：0944-53-2377　福岡県大牟田市岬町6-23
HPあり

万田坑ステーション

見学時間★9時30分～17時（有料区域の入場は16時30分まで）　休館日★毎週月曜日（祝日の場合は翌日）、12月29日～1月3日
料金★大人410円　問い合わせ先=TEL：0968-57-9155　熊本県荒尾市原万田200-2
HPあり

第6館

雲仙岳災害記念館

災害に備えつつ穏やかに暮らすということ

　前章では、福岡県大牟田市《おおむた》の「石炭産業科学館」へ行き、町に点在する三井三池《みついみいけ》炭鉱の遺構も見物してまわった。

　編集Fさんと私はその足で、大牟田市にある三池港に向かった。三池炭鉱で掘りだされた石炭を運ぶため、三井鉱山合資会社の団琢磨《だんたくま》氏が指揮を執り、大型船も停泊できるよう整備した港だ。もちろん港として現役で、一九〇八年（明治四一年）に完成した巨大な閘門《こうもん》が、いまもちゃんと稼働している。

　閘門とはなにかというと、吾輩《わがはい》の付け焼き刃の知識によれば、水位を調整するための門だ。みなさま、海上から港のほうをご覧になっていると脳内で仮定してください。三池港の場合、有明海《ありあけかい》から港方向へと、水路がのびている。水路のどんづまりに、閘門がある。閘門の向こうには、深く掘り下げられた広大なドック部分と、岸壁がある。閘門は干潮時には閉じられるので、ドック内の水位が下がることはない。そのため、大型船も停泊しつづけられ、安心して荷の積み下ろしができるというわけだ。

しかし、Fさんと私が三池港へ行ったのは、大型船に積載されて石炭の気持ちを味わうためではない（あたりまえか）。三池港から島鉄《しまてつ》高速船に乗って、島原外港《しまばらがいこう》へ向かうためだ。

そう、我々は今度は、有明海を渡り、長崎県の島原半島へ旅をする心づもりなのだ！　三池港から島原外港までは、高速船で五十分。熊本港から島原外港までだと、高速フェリーで三十分。とっても近いので、みなさまもぜひ、機会があったら島原半島へと、ちょっと足をのばしてみていただきたい。有明海周辺の土地を行き来するには、船が便利だし、旅情をかきたてられて楽しいです。

ちなみに、三池港にある島鉄高速船乗り場は、「平屋の民家」って感じでかわいい。玄関先には、よく手入れされた鉢植えがわんさか置いてある。「え、ほんとにここ？」と思いつつ、おそるおそるなかへ入ってみると、券売窓口らしきものが。

「ごめんくださーい」

と窓口に声をかけたら、予想に反して背後からゴボゴボゴボッと水を流す音がし、

「はーい」

と係のおばちゃんが出てきた。どうやらトイレで用足しちゅうだったらしい。タイミング悪くて、すみません……。しかしなんだろう、この、「近所の友だちの家に遊びにいったら、そこんちのお母さんがトイレに入ってた」感は。得も言われぬなつかしさがある。

Fさんと私は無事にチケットを買い、小さな高速船に乗った（ついでに言うと、平屋内の待合所ものどかなもので、「近所のおじちゃんおばちゃんが居間に上がりこんでおしゃべりしてる」感が半端なかった）。船旅は快適でした。天気もよく、有明海は湖のように凪《な》いでいる。さざ波を切ってぐんぐん進むと、やがて島原半島沿岸部の町並みと、半島の中央部にそびえる雲仙《うんぜん》のうつくしい山容が見えてくる。特に夕暮れどきは、山の背後から後光のように西日が差し、最高の景色である。

我々は島原外港近くのホテルに一泊し、翌日の

三池港に到着した高速船。
これに乗って島原外港へ向かいます。わくわく

取材に備えた。むろん、夕飯はホテル近くの小料理屋さんへ行き、海の幸をいただきながら酒を飲む。これまたサイコーじゃ！　有明海の底力、まじやばい。こんなに食べ物がうまくていいのか。

ところで、島原のタクシーの運転手さんも、大牟田と同様、親切なかたばかりだった。港からホテルまで徒歩でも十分ぐらいだったのだが、私たちはホテルの場所をよく把握しておらず、タクシーに乗ってしまったのだ。むろん、乗った次の瞬間、目的地に到着。私たちが恐縮すると、運転手さんは、

「あー、いいのいいの。荷物もあるんだし、歩いたらけっこう大変だよ。それに我々は、お客さんを乗せるために存在してるんだから、距離なんか気にせず、どんどん活用してくれりゃいいの」

と、快く言ってくださった。ううう、なんというおおらかな心。

実は私は、島原を訪れるのは三回目ぐらいなのだ。そのたびに、「島原半島の人々は、のんびりしていて優しいなあ」と感じてきた。一例を挙げると、車の速度がのんびりだ。法定速度を守るどころか、それ以下で走っている車も多々見受けられ、よそものでも非常に運転しやすい。山のほうの細い道を走っていても、こちらが運転に不慣れだと見て取ると、大幅にバックして道を譲ってくれるひとばかり。

もちろん島原のひとたちだって、あせったりいらいらしたりすることもあるはずだが、基本的にはのんびりおおらかな傾向のようだとお見受けする。

これはやはり、比較的気候が温暖で、目のまえの有明海でおいしい魚が捕れるせい？　都会であくせくするのがアホらしくなってくるほど、自然の恵みが豊かだ。

そしてもうひとつ、忘れてはならないのが、雲仙という山の存在だろう。雲仙普《ふ》賢岳《げんだけ》は一九九〇年（平成二年）に噴火し、九六年（平成八年）に終息宣言が出るまで、大きな人的物的被害をもたらした。だが、この火山があるからこそ、良質の温泉が湧《わ》き、降り積もった灰によって、果物などの栽培に向いた土壌となっているのも、また事実だ。

江戸時代にも雲仙は二回噴火した。島原半島の人々は昔から、そんな雲仙とともに生きてきたのだ。火山を相手にあくせくしたってしょうがない。人的被害を出さないように注意しつつ、「噴火するときはする」の精神で、のんびりいこうじゃないか。どうも、そういう気配を（勝手に）感じるのだった。

さて、朝が来るのを待ち、Ｆさんと私はタクシーに乗りこんだ。今回取材する博物館は、島原外港から車で十分ほどの距離にある、「雲仙岳災害記念館（通称：がまだすドーム）」だ。「がまだす」とは島原の方言で、「がんばる」「精を出す」という意味らしい。

（余談だが、運転手さん情報によると、「島原はたしかにいいところだけど、若者の就職先が少ないからねえ。私は年金もらってるから、まだなんとかなるけど、若いひとはどうしても都会へ出ていかざるをえないよね」とのことだった。やはり、「魚も捕れるし、のんびり」なんて、単純な話ですむわけはないか……）

雲仙岳災害記念館には、以前にも個人的に来たことがある。私は高校の修学旅行で、雲仙へ行くはずだった。しかし噴火が起き（念のため申すが、江戸時代ではなく平成の大噴火のことですよ）、行き先は変更となってしまった。それがとても残念だったので、大人になってから島原半島を旅していたとき、ふと目に入った雲仙岳災害記念館に寄ってみたのだ。雲仙の噴火について詳しく知りたかったし、博物館好きとしてピンとくるものもあった。

実際、雲仙岳災害記念館は、大充実の博物館なのだ！　この博物館探訪記をはじめるときも、いの一番に、「あそこはすごいですよ！」とFさんにプッシュしたほどだ。再び来ることができて、感無量である。

雲仙岳災害記念館が建っているのは、平成町《へいせいまち》という埋め立て地だ。平成大噴火の際、大量の灰や土砂が、土石流となって海辺の町にまで流れこんだ。安中《あんなか》地区という地域では、多くの家屋が土砂に埋もれ、かろうじて屋根が見えるだけといった状態になってしまった。住民のかたは避難していたので、土石流による犠牲者は出なかったが、住み慣れた家や畑が、すべて土砂に飲まれたのだ。

　土石流は水無川《みずなしがわ》を下って襲いかかり、川には収まりきらなくなって、周囲にもあふれかえる形になった。そこで復興にあたり、土砂を利用して土地をかさ上げしたのち、家を建てたり畑を作ったりすることにした。もちろん、安中地区の少し離れた場所へ引っ越すかたもいたが、農業を営むかたを中心に、もとの場所で生活を再建したひとも多いそうだ。

　だが、土地のかさ上げが完了しても、土砂はまだまだ残っていた。ものすごい量の土砂が、雲仙から流れてきたことがうかがわれる。そこで、残った土砂で海を埋め立て、平成町を作った。ここには、雲仙岳災害記念館のほかに、体育館が建っている。記念館は、平成大噴火を忘れずに語り伝え、雲仙をはじめとする火山について学べる博物

記念館から見る普賢岳（中央奥）。
このあたりまで土石流がやってきた

館。体育館は、島原の人々がスポーツを通して集《つど》える場所だ。

では、いよいよ雲仙岳災害記念館に入ってみよう。この博物館の大きな特徴は、係のかたが必ず案内についてくれることだ。「一人で自由に、じっくり見たいんだけどなあ」というかたもおられると思うが、引率形式の案内は入ってすぐの部分だけで、あとは好きなように見てまわれるので、ご安心ください。

この案内制度、私はとてもいいと思う。最初に館内の全貌《ぜんぼう》と展示の要点を説明してもらえるので、いざ見学する際に理解の助けとなる。入口付近での案内が終わったあとも、係のかたは複数名、館内を歩きまわっている。すでに係のかたと顔見知りになっているので、わからないところがあったら、いつでも気軽に声をかけて質問できる。

だいたいの博物館の場合、なんとなく薄暗く、壁のくぼみに置かれたパイプ椅子《いす》に見張りのひとが座っている、という印象がある。しかし、雲仙岳災害記念館は、来館者と係のかたの距離が非常に近く、一緒になって館内の展示を眺めている感じなのだ。押しつけがましくない交流が生まれるし、こちらとしても、「積極的に展示を見よう」という気持ちに自然となる。

館内は細長い形をしており、床の真ん中を貫くように、「火砕流の道」というものがある。平成大噴火の際、火砕流が何度も発生した。特に、一九九一年（平成三年）六月三日の大火砕流によって、地元のかた、報道陣、火山学者など、四十三名もの死者、行方不明者が出た。

「火砕流の道」は、その部分だけ床がガラス張りになっていて、真っ赤な光（火砕流を模したもの）が走り抜ける。これがもう、本当に一瞬なのだ。たとえ車で激走しても、到底逃げられる速度ではない。噴火の威力とおそろしさを実感できるコーナーだ。

「平成大噴火シアター」という体感型映像コーナーもあって、大きなスクリーンに、空撮やCGを駆使した噴火の映像が流れる。火砕流や土石流が発生するさまも、迫力をもって描きだされる。と同時に、シアター内の床が動き、手すりから熱風が吹きだすのだ。映画『ロード・オブ・ザ・リング　王の帰還』の終盤に、「滅びの山」のシーンがあるが、まさにあんな感じ。しかも映画とちがって、臨場感あふれる揺れまで加わるので、「あわあわあわ」となって手すりにしがみつく。だが、その手すりから、ふいをついて熱風が吹きだすわけで、また「あわあわあわ」だ。「噴火を甘く見ちゃ絶対にいかん！」という、記念館がわの本気度がこもっている。

さらに、映像の最後に流れるスタッフロールで判明する、「ナレーション・古谷《ふるや》

臨場感あふれる「平成大噴火シアター」。
あまりの迫力に、思わず手すりにしがみつきました

「一行《いっこう》」という豪華すぎる事実。映像の迫力、噴火のこわさ、記念館の本気度、古谷一行氏。もはやなにに驚けばいいのかわからなくなり、よろつきながらシアターから出ようとしたら、ちっちゃなカニが私の足もとを歩いていた。なんで？　なんなの!?　もうほんとに、受け止めきれないほどの情報量だよ！

困惑し、シアターの出口にいた係のかたに、救いを求める視線を投げかける。

「あら、またカニがどっかから入ってきてる」

と、係のかたは笑顔で言った。「埋め立て地だからか、雨が降ったあととか、よくカニが出没するんですよ」

なんと……。この現代的な建物の、どこに侵入経路があるのかわからぬが（まさか入場料も払わず、エントランスから堂々と……？）、カニ一族は常日頃、神出鬼没しているらしいのだった。そして係のかたは、火山に関すること以外の疑問にも、ちゃんと答えてくださるのだった。

館内にはもうひとつ、「島原大変劇場」というのもある。こちらは紙芝居形式で、一七九二年（寛政四年）の雲仙噴火を紹介するコーナー。しかし、「紙芝居？」とバカにしちゃいけません。お人形が登場する立体的なもので、背景も「絵」というより、むしろ大道具。機械仕掛けで動く、すごく手のこんだ人形劇なのだ。私たちのほかに、おじさん四名が劇場の座席にいたのだが、全員真剣に見入っていました。一七九二年の噴火もとても大きなものだったようで、当時から「島原大変肥後《ひご》迷惑」と言い表された。どういうことかというと、噴火によって、土石流とともに超巨大な岩石がどんどん有明海に落ちた（いまも、そのときの岩がたくさん、小島のように海から顔を出しているほどだ）。その衝撃で、島原半島の沿岸部はもちろんのこと、有明海を挟んだ熊本にまで大津波が押し寄せたのだ。

噴火が原因で津波が起きることもあるとは、私は知らなかった。過去に学び、いろいろと心がまえをしておくのって重要ですね。しかし「島原大変劇場」では、学んではいけない過去の事例も紹介される。なんと江戸時代の人々は、溶岩流を見物していたらしいのである。

ハワイなどの火山とちがい、雲仙の噴火では、真っ赤なマグマがドワーッと流れだす、ということがないようだ。もっと粘度の高いマグマが、じりじりと山から下ってくる。あるいは、下ることなく、火口付近で冷えて固まり、大きな溶岩ドームを形成する。

江戸時代の噴火のときは、溶岩が徐々に冷えつつ（とはいえ熱いが）、じりじりと麓《ふもと》のほうまで下ってきたらしいのだが、ちょうど花見の季節だったこともあり、人々はお弁当を持ってこぞって出かけていき、花見&溶岩流見物をしたのだとか。そんなことしてる場合じゃない、逃げてー！　よい子は決して真似《まね》してはいけません。のんきすぎるよ、江戸時代の島原の住民たち。

ちなみに、「島原大変劇場」に登場する、おじいさん役の人形に声をあてているのは、声優の永井一郎《ながいいちろう》さんだとか。これまた豪華すぎる人選！　記念館の本気度（以下略）。

館内のそのほかの展示も、噴火のさまざまなメカニズムとか、世界の火山の紹介とか、平成大噴火の際の雲仙の記録とか、見応えがあるものばかり。特に、「焼き尽くされた風景」というコーナーが、大変衝撃的だ。

火砕流が襲いかかった場所を原寸で再現したものなのだが、電柱が焼け焦げ、道路標識はひしゃげている。これらはすべて、実物だ。また、火砕流で亡くなった報道陣のかたのテレビカメラなども置いてあるのだが、熱でドロドロになり、ガラスは溶けている。原爆ってこういう感じだったのではないだろうか、と思うような、すさまじい熱と破壊だ。

なかでも、日本テレビのカメラに収められていた映像は、テープを修復し、二階フロアで上映されている。亡くなったカメラマンのかたが、最後まで撮っていた映像だ。山のほうを向いて立つ多くの報道陣のもとへ、もくもくとした灰色の巨大な煙のようなものが、急速に迫ってくる。それが火砕流だったのだ。生々しく、「胸が痛む」という言葉では追いつかない、貴重だけれどつらい映像である。ご遺族や関係者のお話しも合わせた、良質のドキュメンタリーになっているので、ぜひご覧いただきたい。

私がこの章の取材をしたのは、二〇一四年六月下旬のことだ。その後、九月二十七日に、長野県と岐阜県のあいだにある御嶽山《おんたけさん》が噴火し、登山客が大勢犠牲となった。火山は科学的に観測されているし、どの山がいつ噴火するのか、現代ではある程度予測できるものなのだろうと思っていたが、どうもそう簡単にはいかないようだ。また、それぞれの火山によって、マグマが噴きだすのか、火砕流が発生するのか、噴石なのか、注意すべき点もいろいろ異なってくるように見受けられる。

日本列島には火山がたくさんある。日本に住むほとんどすべてのひとが、「火山

テレビ朝日のカメラマンが使用していたカメラ

の隣人」と言ってもいいだろう。火山について知りたいなというときに、雲仙岳災害記念館は、とてもいい道しるべになってくれる。なるべく楽しく、興味を持って見てもらえるように、工夫が凝《こ》らされたコーナーがたくさんある。同時に、多くの人命が失われた悲しい出来事を、きちんと語り伝えようという峻厳《しゅんげん》な姿勢も維持している。そのバランスがいいので、押しつけがましさがないし、情緒に偏《かたよ》りすぎてもいないのだろう。家族で見るのにもふさわしい博物館だと思うので、チビッコがいるかたで、島原を観光する機会がありましたら、ぜひ立ち寄ってみてはいかがでしょう。

雲仙岳災害記念館から一キロ弱のところに、「道の駅　みずなし本陣ふかえ」がある。島原のおいしい食べ物をいろいろ売っているのだが、この敷地内に、土石流に埋もれた家屋が展示保存されている。また、記念館から車で十分ほどのところには、「大野木場《おおのこば》砂防みらい館」がある。ここには、火砕流に遭った大野木場小学校の校舎が、そのままの形で残されている。熱風で金属の窓枠がひしゃげ、リノリウム製らしき床もはがれていて、やはり「原爆投下直後」という印象だ。チビッコたちも先生も、避難したおかげで無事だったそうで、これは本当に不幸中の幸いだろう。

雲仙岳災害記念館とあわせ、右記の二カ所に行ってみるのもいいと思う。土石流、火砕流のすさまじさがよくわかる。

さて、雲仙岳災害記念館のかたに、お話しをうかがってみよう。インタビューに応じてくださったのは、館長の伊藤英敏《いとうひでとし》さん、元小学校教員の松尾好則《まつおよしのり》さん、記念館職員の松尾慎太郎《しんたろう》さんだ。

「記念館が開館したのは、いつですか？」

伊藤「二〇〇二年（平成一四年）の七月一日です」

「災害記念館を現地に作るということに、住民のかたなどから反対意見は出ませんでしたか？　たとえばいま、東北でも、東日本大震災の象徴になるようなものを残すか残さないかで、地元でさまざまな意見が出ているとも聞きますが」

伊藤「ここでは、反対の声は上がらなかったと思いますが、『こうしたほうがいい』と一概に言えるものではないでしょうね。やはり東北の被害は甚大ですし、まだ三年しか経《た》っていませんし……。この記念館の場合、噴火の終息宣言が出されてから六年ほど経ってオープンしました。雲仙が噴火しているあいだ、避難生活が五年七、八カ月つづき、観光客も五割減になってしまって、『島原半島になんとかお客さんを呼ばないといけない』と、知恵を出しあうムードが徐々に生まれていった気がします」

「そうか。記念館がオープンしたのは、噴火のはじまりから十年以上経ってのことですものね」

松尾（好）「記念館ができた当初は、家族を亡くされたかたはやはり、『どうしても足が向かない』とおっしゃっていました。でも、そういう気持ちも少しずつ解消されてきているんじゃないかなと思います」

　時間が悲しみを癒《い》やす薬になることがある、ということだろう。

「記念館の役割を、どういうふうにお考えですか」

松尾（好）『伝えていく』ことですね。噴火から二十年以上が経ち、当時を知らない若者も多くなってきました。『こういうことがあったんだよ』と伝え、『じゃあ自分の身を守るにはどうしたらいいか』を考えてもらえるような、そういう施設として活動していこう

土石流に埋もれた家屋が保存されている「道の駅みずなし本陣ふかえ」

と思っています」

島原市の小学三年生は、学校行事として必ず、雲仙岳災害記念館を見学するのだそうだ。雲仙は百年から二百年周期で噴火してきた。噴火の経験を語り伝えていく場があるのは、島原に住む人々の未来にとって、すごく大事なことだろう。

松尾好則さんは噴火当時、火砕流と土石流の被害を受けた校区の小学校で、教員をしていた。大火砕流が起きたときは、ちょうど下校時間だった。表が真っ暗になり、緊急サイレンが鳴ったので、チビッコたちを急いで校舎内に呼び戻した。幸い、学校は火砕流の直撃を受けずにすみ、夜の八時までかかって、迎えにきた保護者に全児童を無事引き渡せた。ただ、消防団で見まわりをしていた保護者のかたで、亡くなったかたもいらっしゃるそうだ。

そののちは、お隣の小学校を間借りして授業を行うことになった。避難生活も長期に及び、仮設校舎を建て、一年半ほどそこで学んだという子もいる。

さて、雲仙岳災害記念館の大きな特徴である、案内係の存在。これも、深謀遠慮があっての方針のようだ。

伊藤「見学されるかたとスタッフとで会話をかわすと、ただ漠然と展示物を見るだけより、記憶が定着するでしょう。それに、高校の理科の選択科目で、地学を選ぶひとは少ない。『地学っておもしろいよ』と薦《すす》めていくためにも、スタッフがわかりやすく伝えるのが肝心かなと思うんです」

なるほど、将来の火山学者を養成しようという、野望の秘められた記念館だったのだな！　案内係制度は来館者に好評で、記念館のことがクチコミで広がっていったそうだ。経費節減が叫ばれる昨今だが、伊藤さんによれば、今後も「機械ではなく人間が案内する記念館」をつづけていく、とのことだ。

「現在、何名のかたが記念館で働いていらっしゃるんですか」

伊藤「アテンドさん（案内係）、ショップの店員さん含め、総勢二十六人です」

「規模と内容のわりに、少ないですね！」

伊藤「一生懸命、まわしてます」

松尾（好）「ほとんどが島原半島、特に南島原の出身です」

伊藤「アテンドさんたちも、噴火当時に実際に体験をしたひとか、家族から体験を伝え聞いているひとです」

「ほほう。そうすると来館者は、生の情報をうかがうことができますね。ところで、ちょっと話がずれますが、『島原人気質』というものはありますか？」

松尾（好）「うーん、農業も漁業も盛んだし、温泉もあるし、積もった火山灰がいい土壌になるおかげで作物がよく育つけど、島原特有の気質ってあるかなあ。穏やかで明るいひとが多い気はしますが」

「まさに、それです。私は島原に来るたび、車の運転が穏やかなことに驚くのです！」

伊藤「いやあ、そうでもないですよ。ここいらはみんな、車で通勤するでしょう。ふつうだったらそんなに時間がかからない距離なのに、ゆっくり運転するひとが多くて、ちょっとした渋滞が発生する。それで、『始業時間にまにあわない！』と最後の直線であせって、スピード違反で捕まってますから」

……いや、それやっぱり、いろんな意味で穏やかエピソードだと思います。

「そういえば」

と、これまで黙ってにこにこしていた松尾慎太郎さんが、口を開いた。「飲み会をしようとなったときも、だいたいみんな、集合時間に家を出はじめますね。開始が一時間遅れたりとかは、しょっちゅうです」

沖縄時間というのは聞いたことがあったが、島原にも島原時間が流れていたか……！

ちなみに松尾慎太郎さんは、新聞紙で精巧な鞄を作る達人です。記念館では夏休みなどに、子ども向けのイベントを開催している。そのときに、「新聞紙鞄」の作りかたをレクチャーしてもらえるのだとか。全国のチビッコよ、記念館へ走れ！
また、毎月最終日曜日には、「島原半島ジオ・マルシェ」という市《いち》も行われている。島原産の野菜や果物やジャムなどがたくさん出品され、熊本から買いにくるかたもいるとか。七月には、ジオ・マルシェに来たチビッコたちに、大きなカブトムシをプレゼントする予定だという。

松尾（慎）「噴火で、島原の昆虫はずいぶん減ってしまったんですが、最近ようやくよみがえってきたんです。その記念に、地元で捕れたカブトムシをあげたいなと」

松尾（好）「災害で自然はすぐに壊れてしまう。よみがえらすには、何十年、何百年という時間がかかります。噴火が収まったころに、雲仙にはヘリコプターで種がまかれたんです。それで少しずつ、山に緑も戻ってきているところです」

島原のひとたちは、いつかまた必ず来るであろう噴火に慎重に備えつつも、決してへこたれず、自暴自棄になることなく、のんびり穏やかに暮らしている。それを実感した旅だった。

◎文庫追記：インタビューに応じていただいたお三方は、いずれも退任または異動されたが、雲仙岳災害記念館は意欲的な展示をつづけている。現在は一律での引率形式の説明はしていないが、フロアに案内人自体は存在するので、「お気軽にお声がけください」とのことです。
二〇一八年には大規模リニューアルを行い、「大噴火シアター」の床は揺れなくなり、熱風も出なくなった。しかし、がっかりしないでほしい！　記念館からお寄せいただいた情報によると、「デジタル化し、高精細映像になりました」とのことで、むしろ迫力はアップしているようだ。さらに、「大噴火シアター」には三つのコンテンツが追加され、そのなかには、大火砕流の日、体験されたかたがどのように噴火に遭遇したかを再現したドラマも含まれます」とのこと。やはり記念館の本気度、まったく衰えていない。コンテンツ追加に伴い、「ナレーション・古谷一行」のテロップは表示されなくなったが、お声自体はいまも流れているので、「古谷さんだな」と思いながら味わってください。

新しい目玉も続々登場している。「平成噴火ジオラママッピング」コーナーでは、プロジェクションマッピングを使って、ジオラマのうえを火砕流が流れる様子を立体的に表現。「雲仙岳スカイウォーク」コーナーでは、ドローン映像によって、実際にはまだ近づけない平成新山を間近で見られる。もともとあった「火砕流の道」コーナーも、火砕流を光で表現するのみならず、約十メートルの巨大スクリーンを併設し、火砕流が流れる映像も上映。「こちらも迫力増していますよ」とのことで、ますますハイテク化する記念館の本気度……！（また言った）

被災したテレビカメラのテープを修復した映像は、一階エントランスに移動した。ここは無料ゾーンなので、ぜひ多くのかたにご覧いただければと思う。

data

雲仙岳災害記念館

開館時間★9時～18時（入館は17時まで）休館日★年中無休　メンテナンス休館日あり
料金★大人1050円　問い合わせ先=TEL：0957-65-5555　長崎県島原市平成町1-1
HPあり

第7館

石ノ森萬画館

冒険と希望の館で失神するの巻

二〇一五年一月中旬、宮城県石巻市《いしのまきし》にある「石ノ森萬画館《いしのもりまんがかん》」へ行った。
もうもう、なにから書けばいいのかわからない！（まだ一文しか書いてないのに）
石ノ森先生が生みだしたキャラクターにたくさん会えるし、原画も見られるし、作品にちなんだゲームも体験できるし、ものすごく楽しい場所なのだ！
私は大興奮&喜びに胸いっぱいの状態で館内をめぐり、お土産《みやげ》コーナーではむろん散財した。戦利品（の一部）を挙げると、「ショッカー札束《さつたば》メモ」。ショッカーが作った偽札が束になっており、お金持ち気分を味わえる。商品名どおり、裏面はメモとして使えるというすぐれものだ。あと、「仮面ライダーのノートパソコンケース」。仮面ライダーV3の上半身部分が、腹がわも背中がわも忠実に再現されて、ノートパソコンケースの表面に立体的にあしらわれている。キモかっこいい！　さっそく活用中。わーい！

いや、失敬。ちょっと落ち着かねばな。

萬画家・石ノ森章太郎《しょうたろう》先生は、宮城県登米郡石森町《とめぐんいしのもりちょう》（現・登米市）の生まれだ。「萬画」とは、先生が提唱した呼称である。漫画は、「漫然と描いたもの」ではなく、「萬《よろず》の事象を表現できるもの」なのだから、「萬画」としたほうがいい、という思いがこめられている。先生の主張には全面的に同意するが、本稿では、一般的に使われている「漫画」という表記も使用させていただく。

萬画館は、旧北上川《きゅうきたかみがわ》の河口近くにある中州に建っている。石巻駅からは歩いて十五分ほどの場所だ。駅にはキャラクターの絵が描かれているし、萬画館までの道にもキャラクターの像が点在しているので、ぜひチェックしてみてください。

石ノ森先生は登米市のご出身なのに、なぜ萬画館が石巻市にあるのか。石巻は、仙台藩《せんだいはん》の商業の中心地として、江戸時代から大変栄えた街だった。旧北上川を船で運ばれてきた奥州の米は、石巻でいったん荷揚げされる。そして今度は、海用の船に積みかえて、江戸まで流通させていたのである。

米をはじめとする多くの品や、人々が行きかう街。石巻の活気は、石ノ森先生の若いころにも持続していた（先生は一九三八年生まれ）。そのため、石ノ森先生は高校生のころ、登米から石巻まで自転車に乗って、しょっちゅう映画を見にきたらしい。けっこう距離があるので、一日がかりだったのではと推測されるのだが、先生にとって石巻はとても親しみのある街なのだ。

そこで、一九九五年ごろ、萬画館建設の話が持ちあがった。そのころには石巻も、シャッターを下ろした店が多く見られるようになってしまっていた。石ノ森先生は、街が活気づく一助になればと、ご自分で萬画館の建物のデザイン案を描いた。残念ながら、先生は一九九八年にお亡くなりになられたが、石ノ森萬画館は二〇〇一年に無事オープンした。

以来、萬画館では、石ノ森先生の萬画作品、映像化作品など、仕事面を中心にした展

JR石巻駅近くに立つサイボーグ009（島村ジョーさま）の像。りりしい立ち姿にうっとり

示が行われている。一方、郷里の登米市には、「石ノ森章太郎ふるさと記念館」があり、先生の生い立ちや幼少期を紹介する展示になっているそうだ。そちらにも、機会があったらぜひ行ってみたい（漫画好きの血が騒ぐ）。

石ノ森萬画館は宇宙船をイメージしたデザインで、白くて丸っこい外観だ。マシュマロみたいにかわいらしく、未来っぽさがあって、とても目を引く。でも、穏やかな川の流れと、緑の山と、石巻の街並みに、うまくマッチしてもいる。駅から商店街を抜け、川沿いの道に出て、中州に建つマシュマロ状の萬画館が目に入ると、「うわーい！」とわくわくすること請けあいだ。

私は二〇〇四年ごろにも、萬画館へ行ったことがある。『がんばれ!!ロボコン』『魔法少女ちゅうかなぱいぱい！』『魔法少女ちゅうかないぱねま！』『美少女仮面ポワトリン』、そして『サイボーグ００９』。子どものころから、石ノ森章太郎先生の萬画、アニメ、ドラマを愛してきた身としては、そりゃあもちろん萬画館へ行くに決まっている！　そのときはちょうど夏休みだったので、館内はチビッコでいっぱい。かれらと一緒になって、楽しく展示物を眺めたのであった。

二〇一一年に東日本大震災が起き、石巻は甚大な被害を受けた。今回、私は震災後はじめて石巻へ行ったのだが、「ここまで浸水しました」と、一階の天井あたりに印をつけてある商店や、お店の再開の目処《めど》が立たず更地にしたらしい区画など、街の中心部も大変な事態に見舞われたことがうかがわれた。津波は旧北上川を逆流する形で、石巻の中心部に襲いかかり、さらにもっと内陸のほうまで押し寄せたのだ。

さきほども書いたように、萬画館が建っているのは旧北上川の中州だ。以前来たときには、ここにも商店やおうちがあったのだが、今回行ってみたら、萬画館のほかはほとんどなにも残っていなかった。川の護岸工事や、壊れてしまった橋の架け替え工事が行われている。変わらぬ姿の萬画館と再会できてとてもうれしいけれど、なんとなく悄然《しょうぜん》とした気持ちで街を歩いた。

とはいえ石巻の人々は、街の未来を考え、それぞれにできることをするべく行動しはじめている。石ノ森萬画館の大森盛太郎《おおもりせいたろう》さんも、そのお一人だ。大森さんにお話しをうかがいながら、館内を見てまわることにした。

大森さんは石巻に生まれ育った。萬画館がオープンした当初からのスタッフである。『ロボコン』や『いぱねま』など、接してきた石ノ森作品に共通点が多いところからして、たぶん私と同世代だろう。

震災時、萬画館も津波に襲われ、一階部分は完全に浸水した（通常の家屋で言ったら、二階ぐらいの高さにあたるのではないだろうか)。

「大森さんは、地震のときも萬画館にいらしたんですか」

「そうです。大きな揺れだったので、すぐに閉館を決め、お客さまとスタッフに安全な場所へ避難するよう申しました。ただ、私はこの建物の責任者ですから、一人でここに残りました。窓から外の様子を見たら、川の水位が急激に下がっている。津波が来るなと思ったのですが、そんなに大きいものとは予想しなかったし、まだ時間はあるだろうと、一階にある椅子《いす》に座ったんです。そしたら、ものすごい勢いで川の水が逆流していく。津波が遡上《そじょう》してきたんです。急いで二階へのスロープを駆けあがったら、エントランスのガラスが割れて、館内に波がなだれこんできた」

「恐かったでしょうね……。しかもお一人だし」

「いやあ、恐いっていうのはないですね。ああいうときって、まず『身の安全を確保しなければ』という意識があって、恐怖感は消し飛ぶんでしょう。いろいろなものが妙に鮮明に見えるんですよ。それで、『そうだ！』と思って、一階と二階の境にある防火扉を閉めてから、上の階にダッシュして逃げました」

「むっちゃ冷静……！」

「もちろん、落ち着いてあとから考えれば、『恐かったのかな』とは思うんですけどね」
咄嗟《とっさ》の判断が功を奏し、展示室のある二階への浸水はなかったし、避難したスタッフも幸いにも全員無事だった。水が引いたあと、みんなで力を合わせて一階の床を覆った泥をかきだし、一年八カ月ほどの休館を経て、再オープンに漕《こ》ぎつけた。その後、展示の大幅リニューアルをして、いまに至る。

では、館内を見ていこう。

一階エントランスでは、フランソワーズ（『サイボーグ009』の003）の制服を着た女性スタッフがお出迎えしてくれる。スカルマン人形がガラスをすり抜け、いままさに館内に侵入せんとしているし、壁をぶち破ってドルフィン号が顔を出してもいる。とにかくあちこちに楽しい仕掛けや意匠が施されているので、石ノ森作品ファンはエントランスの時点で、早くも血圧急上昇の危機に見舞われること請けあいだ。むろん、石ノ森作品を知らないかたでも、キャラクターやマシンの愛らしくてかっこいいデザインに心なごむことだろう。

チケットを買い、ゆるやかにカーブしたスロープを上って、二階の展示室へ。スロープの途中に「トキワ荘」の精巧な模型があるので、これも見逃さないでほしい。模型の小さな窓を覗《のぞ》くと、室内も細部まで作りこまれているのがわかる。このアパートで手塚治虫《てづかおさむ》先生が、藤子不二雄《ふじこふじお》先生が、赤塚不二夫《あかつかふじお》先生が、そして石森《いしもり》章太郎先生（当時は「ノ」はついてなかった）が、日夜原稿を描いておられたのか……！感極まる（まだ展示室に入っていない段階なのに）。

スロープから二階展示室へと至る通路壁面には、『石ノ森章太郎のマンガ家入門』の複製原画が並べられている。これは、石ノ森先生が漫画の描きかたを指南した本で、自作『龍神沼《りゅうじんぬま》』を例に、構図やコマ割りをどう工夫すればいいか、自ら解説を加えてある。つまり、『龍神沼』を読みつつ、先生の萬画の描きかたも学べるというすぐれもの。

しかし、先生の無茶ぶりがすごい。「ヒーローとヒロイン」についてのアドバイスは、こうだ。

「読者が主人公に求めるのは、自分の理想です。主人公やその他の登場人物のタイプは作者に似るといわれます。／つねに自身がカッコよくありましょう」

……すみません、実践がむずかしいです。

「構図は奇をてらわず、おおらかな落ち着いたものに。（読者の目のつかれをほぐしてあげるつもりで）」

とも書いてあるのだが、該当するコマに描かれているのは、お祭りの行列を鳥瞰《ちょうかん》

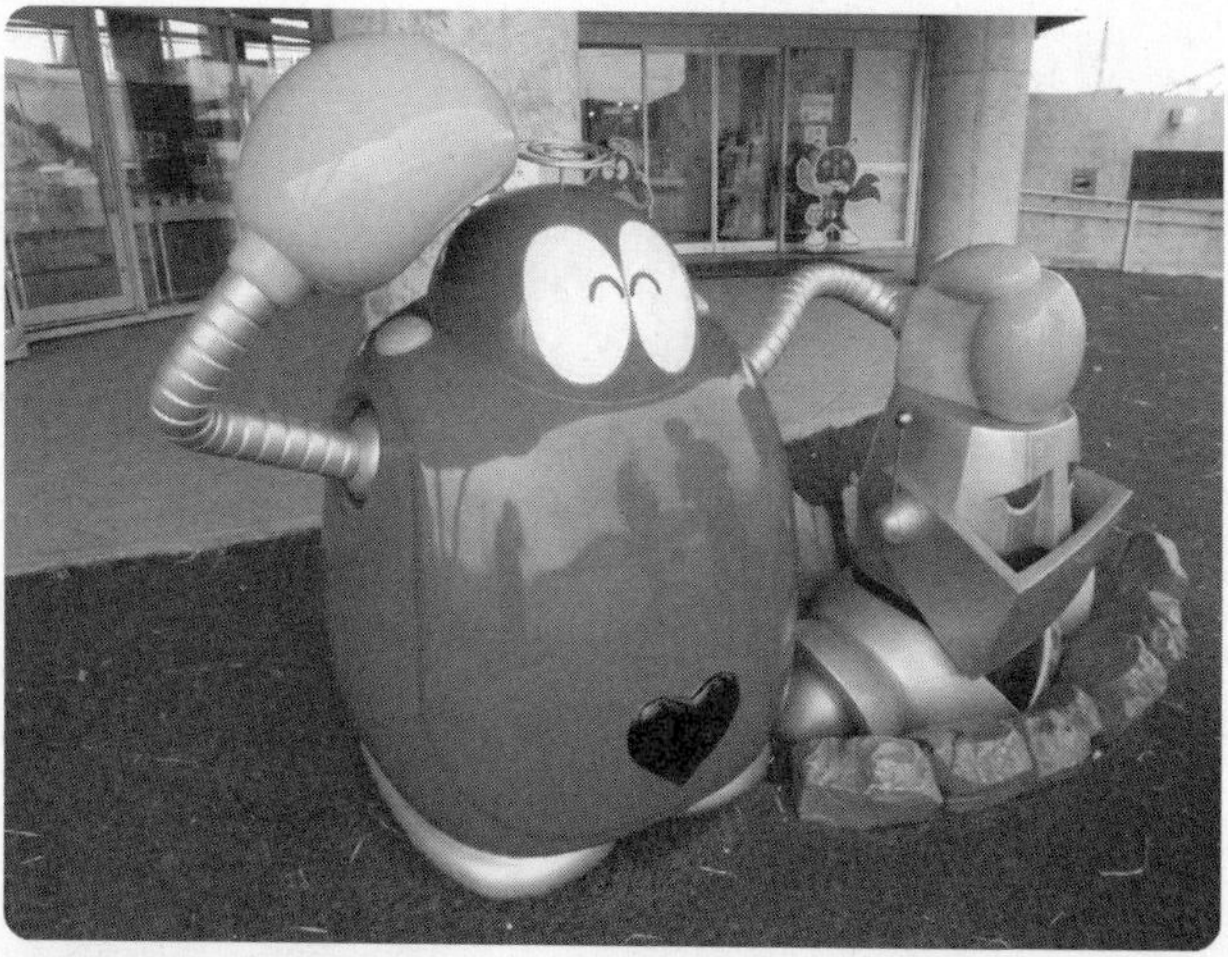

萬画館の入口では、ロボコンとガンツ先生が来訪者を歓迎してくれます

スカルマンが1階エントランスに侵入!?
そこはドアじゃなくて窓ですよー！

キャー、石ノ森先生ー！　先生の手（レプリカ）と握手できるコーナーもあります

でとらえた絵。高い画力が必要なうえに、細かく描きこまれていて、漫画家の卵にはハードルが高すぎるかと……！

いや、石ノ森先生は、「これぐらいの構図なら、ちょちょいと描けるだろ」という感覚だったのだろう。だが凡人は、かなり気合いを入れないと、とてもこの絵は描けないと思うのです……。先生にとっての「おおらかな落ち着いたもの」が、こちらからすれば「すげえな、おい」というレベルで、天才との差をつくづく痛感するのだった。

そういうわけで、『マンガ家入門』が実用書として役に立つかどうかは、少々疑問である。「名選手が名監督になるとはかぎらない」とは本当で、先生はたぶん、「世の中にはまじで絵心がないひともいる」という事実が、いまいちピンときていなかったのではなかろうか。とはいえ『マンガ家入門』は、読み物としては大変おもしろい。先生が常に読者のことを考え、超絶技巧を（超絶だと気づかず）凝《こ》らして、萬画制作に臨んでいたことがうかがわれる。

さあ、いよいよ展示室だ。入ってすぐの床にご注目を。ある作品のキャラクターを象《かたど》った影が落ちています。だが天井を見上げても、そこには鉄の塊があるだけ。ライティングによって、うまい具合に影を生じさせているのだろう。「おや、これは？」と気づくと、わくわくする。こういった「隠し展示」がいくつもあるので、探してみてください。

展示室入口には、実写化作品のダイジェスト映像が延々と流れるモニターもあります。『仮面ライダー』シリーズだけでも相当数に上るので、映像を一周見ようと思ったら一時間はかかるそうだ。それでも、親子二代で釘付《くぎづ》けになっているひとも多いとか。親子でいろんな『仮面ライダー』について語りあうって、いいよなあ。

もちろん、歴代『仮面ライダー』をずらりと並べて紹介するコーナーもあり、「わーい、クウガだ！」とテンションが上がった。いえ、平成ライダーシリーズがはじまったときには、私はもう充分「大きなおともだち」でしたが、オダギリジョー氏が好きなので、つい……。ええ……。

「サイボーグ009の世界」コーナーでは、大

歴代仮面ライダーがずらり！　デザインの変化やちがいを見比べることができ、楽しいです

きくて精巧なお人形が、キャラクターそれぞれの特殊能力を表現するシチュエーションで展示されている。たとえば、「００８（ピュンマ）」なら水のなか、といった具合に。とても出来がいいので、「きゃー、ハインリヒー！　ジェットー！」とうれしくなる。

「こういうお人形を、専門で作っている会社があるんですか？」

と、大森さんにうかがってみた。

「はい、すべて特注しています。石森プロと東映にも監修に入ってもらって、『ちょっと鼻が低すぎる』とか『少しツヤ消しをして』とか、細かく調整します。ただ、石ノ森先生は、サイボーグのスーツの色にはこだわりがなく、『迷彩服なので、何色にでもなる』とおっしゃっていたそうです」

「なるほど。そこは科学力で、どんな色にでも変化するんですね」

取材したとき、萬画館にいる「００９」たちは緑色のスーツを着ていたが、もしかしたら今後、ちがう色のスーツに変わる日も来るのかもしれない。

ほかにも、「人造人間キカイダーの世界」「時代劇の世界」などのコーナーがあり、いずれも胸躍る展示になっている。

「キカイダー」のコーナーでは、壁に大きなキカイダー人形が埋めこまれており、

「レバーを上げるとキカイダーの誕生シーンが甦《よみがえ》る！」と書いてあった。もちろん、しずしずとレバーを上げてみた。音が鳴ったり光ったりする大がかりな仕掛けとともに、ジロー青年（キカイダー）が誕生したときのことが語られる。かっちょいいー！　せつないー！　だめだ、今回私、どうしたって落ち着いて書くことができない。

「時代劇」コーナーでは、『佐武《さぶ》と市捕物控《いちとりものひかえ》』の世界が再現されている。長屋の障子越しに影絵が見え、声も聞こえてきます。ところどころ障子が破れていて、キャラクターの日常が覗ける仕掛けも。

「障子のうえのほう、子どもの目線の届かない位置にある穴を覗くと……」

と大森さん。

「どれどれ」

と即座に覗いてみる私。「あらま」

なにが見えたかは秘密です。むふふ。

「キカイダー」コーナー。キカイダーは色も形も体の左右で非対称になっており、とても斬新なデザインです

で」

「チビッコは、『あの穴も覗きたいよう！』と言いませんか？」

「そうですね。そういうときは、『大きくなったら、また来ましょう』ということで」

ぬかりなく、リピーター獲得作戦を発動させている大森さんなのだった。

石ノ森先生の原画を見られるコーナーもある。三カ月に一度ほど入れ替えをするそうで、私が行ったときは、『幻魔大戦』『サイボーグ００９』『人造人間キカイダー』『変身忍者嵐』の原画が展示されていた。

これが素晴らしく美麗で、石ノ森先生が描く線のみずみずしさ、デザインセンス、構図の多彩さ、躍動感に満ちたコマ割りを、改めて実感できる。やっぱり生原稿ならではの迫力ってあるよなあ。石ノ森先生は同業者からの尊敬が篤《あつ》い漫画家の一人だが、漫画の素人《しろうと》である私が見ても、「うわ、ものすごい」と感じられるほどだ。特にコマ割りが洗練の極みにあり、「漫画を読む快楽って、こういうことなのよ！」と、心中で一人叫んだ。私が漫画家だったら、石ノ森先生のコマ割りを研究しつくす。

と思ったら案の定、萬画館には漫画家や漫画家志望の若者がかなり訪れ、石ノ森先生の原画を食い入るように見ていくのだとか。先生の作品は海外でも翻訳されているので、英語圏だけでなく台湾やフランスからの来館者も多いらしい。大森さんをはじめとするスタッフも、海外からのお客さんに対応できるよう、たまに英語の勉強会をしているそうだ。

それから、ぜひおすすめしたいのが「体験アトラクション」。

取材には編集Fさん、Tさんが同行してくださったのだが、全員がアトラクションをしたくてむずむずし、辛抱たまらずプリペイドカードを購入（一枚五百円）。最前から、若いカップルがきゃっきゃとアトラクションに興じていて、とても楽しそうだったのだ。我らとて負けてはいられぬ。ようし、まずは「仮面ライダー」に変身！」に挑戦だ！

大きなスクリーンのまえに立って、「仮面ライダー」か「仮面ライダー鎧武《ガイム》」、どちらかの変身ポーズを取る。すると、スクリーン上にライダーの姿が現れ、自分の動作どおりに動いてくれる。そこへ敵のボールが飛んでくるので、画面の指示に従い、パンチやキックで打ち落とすという仕組みだ。たまに味方のボールも出現するので、要注意。まちがって味方を攻撃してしまうと減点だ。

私は「鎧武」を選んだ。しかし変身ポーズを取る段になって、「しまった！」と後悔。「鎧武」の変身ポーズは、どちらかというと地味なのだ（ベルトめがけてスチャッと腕を一振りする感じ）。うらむ、初代「仮面ライダー」にするべきだったか……、と思うまもなく、画面のなかで襲いくるボール！　パンチパンチパンチパンチキックパンチパンチキックキック！

事情を知らぬひとが見たら、「あのひと、なにを一人でドタバタ暴れてんの……？」ってなもんだっただろう。だが、なりふりかまっていられない。大森さんに励まされつつ、夢中で体を動かしまくる。

「パンチパンチパンチパンチキック！　ちょっと息が、切れて、きたんですけど」

「あと三十秒あります」

「えー！　パンチキックパンチ（ぜえぜえ）、もう、むり……（はあはあ）」

「はい、終了しました。八十一点。まあ合格点です」

「むずかしい（ぜえぜえ）。百点を出すひともいるんですか（はあはあ）」

「スタッフはできますね。コツは、こうすることです」

と、大森さんは手足を小さくぶらぶらさせてみせる。「機械の反応がいいので、この程度で、動きがスクリーン上に投影されるんですよ」

「えええー！（ぜえはあ）　そういう大事なことは、もっと早く教えてください（ぜえぜえはあはあ）」

床を踏み抜く勢いで暴れまわったのはなんだったのだ。

大森さんのアドバイスを聞いていた編集Tさんは、「仮面ライダー」を選択し、軽快なる動きで九十点を叩《たた》きだした。「やっているうちに、なんだか真剣になってしまいますね」と、余裕かつ満足げな表情だ。ぐぬぬ……。

私は次なるアトラクション、「サイクロン号に乗る！」に挑んだ。実際にサイクロン号（オートバイ）にまたがり、前方のスクリーンに映しだされる高速道路を疾走する、タイムトライアルゲームだ。ハンドルのあたりから風が吹きだしてくるので、本当にバイクで走ってるような気分になる。

しかし、私は運転が下手なうえに、カーブが連続する画面を見るうちに乗り物酔いするというヘナチョコぶり。

「ぎゃー、また壁に激突した！　そして、ううう……。気持ち悪くなってきた……。わー、転倒！　ううう……」

黙ってゲームできないのか。すみません、臨場感があって、つい声が出てしまったのです。私があまりにも何度も激突や転倒を繰り返すため、

「これ、首都高だったらえらいことになってますよ……」

と、大森さんもあきれ気味だった。

なんとかゴールまでたどりつき、よろよろしながらサイクロン号から降りる（目がまわっていたのでタイムは覚えていないが、最悪の成績だったことはたしかだ）。

そこへ、編集Fさんが小走りで近づいてきた。

「三つめのアトラクション、『ホテルマン適性診断』をやってみました」

差しだされた紙を見ると、「一番向いている係はマネージャー」という診断結果だった。

「マネージャーに向いているとは、さすが編集者ですね」

「うふふ」

と、Fさんは満更でもなさそうだ。「質問に○か×かで答えていくんですが、フロントには向いてないそうです。転職の参考になります」

いやいや、編集者でいてください！　大森さんも、

「転職、これで決めたらかなりリ

「HOTELの世界」コーナー。フロント係の松田さん（ロボット!?）を修理する石ノ森先生

スキーだと思うんですけど……」

と心配そうであった。

三つとも楽しいアトラクションだが、けっこう体を動かすので腹が減る。

「そういうときは、三階に喫茶店があるので、そちらで補給してください」

と大森さん。ぬかりなく、飲食への導線を張りめぐらせているのだった。

萬画館では、年に何回か企画展も開催している。私が行ったときは、『攻殻《こうかく》機動隊原画展』（二〇一五年四月十九日まで開催された）の準備が着々と進んでいた。うおお、それも見たかったー！

という個人的欲望は置いておいて、三階の喫茶店と一階のお土産コーナーでは、企画展にちなんだ特別メニューや商品も販売されるそうだ。企画展開催時期に萬画館へ行くひとは、そちらもぜひチェックしてみてください。

三階には喫茶店のほかに、約六千冊の漫画がずらりと並んだ図書室がある。石ノ森先生の作品はもちろんのこと、ほかの漫画家の作品も充実していて、チビッコのみならず大人も長居してしまいそうだ。

常設展示だけでも、かように盛りだくさんで、石ノ森先生の世界を満喫しつくした。紹介しきれなかった展示や仕掛けもまだまだあるので、みなさんも石巻へ、そして石ノ森萬画館へ、レッツゴーだ！　大森さんによると、冬は観光客が比較的少ないので、ゆったりと見物できるとのこと。むろん、石巻には海産物をはじめ、年間を通しておいしいものもいっぱいあります！

深く満足し、エレベーターでエントランスまで降りることにする。大森さんがエレベーター内の「一階」のボタンを押すと、男性の声でアナウンスが流れた。

「『きみはどこにおりたい？』」

「ちょちょちょちょっと！　いまの声は！」

「はい、井上和彦《いのうえかずひこ》さんに吹きこんでいただきました」

「ぎゃー!!!（失神）」

井上和彦氏は、アニメ『サイボーグ００９』（一九七九〜八〇年放映）で、島村《しまむら》ジョーの声を担当していた声優さんだ。幼少のみぎり、キュンキュンしながら『サイボーグ００９』を見ていた身としては、「かっこいい男性の声＝井上和彦氏」という刷りこみが完了している。

さらに、「きみはどこにおりたい？」は、『サイボーグ００９』のなかでも屈指の名台詞《めいぜりふ》、「きみはどこにおちたい？」をもじったもの。「地下帝国ヨミ編」ラスト直前のシーンなのだが（秋田文庫版の第十巻）、もうもう、思い出すだに涙が……！

（↑落ち着け）

　失神から覚めた私に、大森さんは言った。

「ちなみに上の階へ行くときは、井上さんの声で、『行くぞ！　加速装置！』とアナウンスが流れます」

「ぜいたく……！（またも失神）」

「ファンのかたは、何回も上へ行ったり下へ行ったりして、エレベーターから降りないですね」

　その気持ち、よくわかります！　このエレベーターに乗りつづけていたい！　とも言っていられないので、一階で降りる。いろんな昂《たかぶ》りを鎮め、大森さんの名刺を改めて眺めると、「株式会社　街づくりまんぼう」と書いてあった。まんぼう？

「あのう、この萬画館は、石巻市がやっているのではないんですか？」

「いえ、弊社が運営しています。資本金の半分を石巻市が、もう半分を商店会や地元の企業が出資した、第三セクターの街づくり会社なんです」

「そういう形で運営されている博物館って、ほかにもあるんですか？」

「少なくとも漫画関係では、ないと思いますね。たいがいは箱物ができてから、運営をどこが受け持つかという話になりますが、まんぼうは萬画館ができるまえから存在しているんです。石ノ森先生が亡くなって、萬画館の計画が頓挫《とんざ》しかけていたのですが、市民の力で街を盛りあげていこうと、署名活動をしたりグッズを売って資金にしたりしました。そのおかげで萬画館が実現することになり、行政では動きづらい部分があるので、運営もひきつづき民間の力でやっていこうということになって、立ちあげられた会社がまんぼうです」

「じゃあ、萬画館にいるスタッフは、まんぼうのかたなんですね」

「はい、アルバイトを含めて三十名ほどいますが、まんぼうで採用しています。当館のスタッフに、行政の人間はいません」

「どうして、『まんぼう』という社名にしたんでしょうか」

「『萬画で冒険しよう』とか『萬画で希望を見いだそう』という意味ですね。あと、このあたりの海でマンボウが捕れるので」

「おお、石巻ではマンボウを食べますか？」

「いや、あんまり食べないですね。酢みそで和《あ》えるぐらいですが、ちょっとぶにょぶにょしてて、すぐ水みたいになっちゃうんで。マンボウは、泳ぐスピードは速くないらしいんですが、動きは意外と機敏だという説もあり、謎の生き物っぽくていいかなと」

こうして設立された「まんぼう」は、萬画館の運営だけにとどまらず、商店街やJRと協力し、石巻ににぎわいをもたらすべく、街づくりの企画を行っている。そのひとつが、『シージェッター海斗《かいと》』だ。石ノ森先生のラフスケッチをもとにした、いわゆる「ご当地ヒーロー」である。石森プロの早瀬《はやせ》マサト氏によって漫画化され（全三巻・徳間書店）、実写作品にもなっている。その映像は、萬画館でしか見ることのできないものだ。

早瀬氏は、『仮面ライダーアギト』以降の平成ライダーシリーズのキャラクターデザインを手がけておられるし、実写版『海斗』の監督も出演者も、平成ライダーシリーズで人気のあるかただ。それもあって、『シージェッター海斗』のイベントを行うと、ファンが全国から押し寄せて大盛況。『海斗』および主人公の鳴海光真《なるみこうしん》は石巻のヒー

『シージェッター海斗』の主人公・鳴海光真は、「海斗の鎧」を装着し敵と戦う

ローとして愛されているのだった。

萬画館には「シージェッター海斗の世界」コーナーがあるし、お土産コーナーでは漫画も売っている（むろん、「買った、読んだ、おもしろかった！」。↑カエサル風に言ってみた）。時間が合わなかったので、実写映像は見られなかったのだが、次回の楽しみとしたい。チビッコも大きなおともだちも、石巻で『海斗』と握手だ！

津波が遡行した旧北上川は、現在、四メートル強の堤防を川岸に建設途中だ。当初、七メートルほどの堤防になる予定だったのだが、「いくらなんでも高すぎて、圧迫感がある」と地元住民から反対の声が上がり、調整の結果、部分的になんとか四メートル強となったのだそうだ。それでも巨大で、川や海とともに暮らしてきた石巻の風景は、大きく変わることになるだろう。

そういう状況のもと、大森さんをはじめ石巻の人々は、石巻らしさを残しつつ、活気ある街づくりをしていくにはどうすればいいか、知恵を絞り、行動している。

石ノ森章太郎先生は、平和とは、暴力とはなんなのか、深く問いかける作品を描きつづけた。その数、なんと五百を超えるそうだ。過去から現在まで、年齢性別を問わず、多くのひとに多大な影響を与えている石ノ森作品。そのすごさを味わうために、そして石巻の「いま」を少しでも知り、考えるために、旧北上川の中州に建つ石ノ森萬画館へ足を運んでみてはいかがだろう。冒険と希望の象徴、巨大な真っ白いマシュマロが、訪問者を楽しく優しく迎え入れてくれます。

◎文庫追記：旧北上川の堤防や、石ノ森萬画館のある中州（中瀬地区）と市街地とを結ぶ新しい橋は、二〇二一年三月に完成予定だそうだ。中州自体も一、二メートルほど盛土をしてかさ上げし、ゆくゆくは公園にする計画となっているらしい。もちろん、萬画館は現状のままちゃんと残りますので、仮面ライダーや００９たちにぜひ会いにいってください。ホームページを覗いてみたところ、ワークショップを開催したり、ショップに新しいグッズが登場したりと、やはり熱のこもった運営ぶりだ。は～、またむくむく行きたくなってきた！　石ノ森先生の世界、たまらん魅力だぜよ！

data

石ノ森萬画館

開館時間★9時～18時（チケットの販売は17時30分まで。12月～2月は17時まで開館、チケットは16時30分まで販売）休館日★毎月第3火曜日（12月～2月は毎週火曜日）
料金★大人840円　問い合わせ先=TEL：0225-96-5055　宮城県石巻市中瀬2-7
HPあり

ぐるぐる寄り道編

日本製紙石巻工場

消えることのない希望の証

「石《いし》ノ《の》森《もり》萬《まん》画《が》館《かん》」を取材したあと、同じく宮城県石巻《いしのまき》市にある「日本製紙《にっぽんせいし》石《いしの》巻《まき》工場」へ行った。

製紙工場は海辺にあることが多い。原材料や製品を輸送するためには、港の近くのほうが便利なのだろうし、紙を作るには大量の水が必要なので、工業用水を取水したり、きれいにしてから排水したりするためにも、川や海に近い立地は都合がいいのだろう。

東日本大震災で、日本製紙石巻工場は大きな津波に襲われ、紙をまったく作れない状態になった。当時、私も編集者のかたから、「紙の確保がむずかしい」と聞いた覚えがある。石巻工場はそれぐらいたくさんの紙を作っている、日本製紙のなかでも主力の工場なのだ。

もちろん、震災という大変な事態が起こっているのに、「紙がたりないじゃないか」とギャースカ言うひとはいない（いたとしたら、そのひとはどうかしていると個人的には思う）。ただ、「もしかしたら石巻工場は再建できないかもしれない」「これをきっかけに、電子書籍へと急激に移行し、紙の本はすたれていってしまうかもしれない」という心配や不安が、出版関係者のあいだで語られることはあった。

だが、日本製紙石巻工場は見事に復活を果たした。それも、驚くべきスピードで（単行本や文庫の本文用紙などを作る「8号マシン」は、二〇一一年九月半ばに運転再開。その後もさまざまな機械が順次運転していき、二〇一二年八月三十日に石巻工場は完全復興した）。

そのあいだの、工場で働くみなさまの思いと苦闘については、『紙つなげ！ 彼らが本の紙を造っている』（佐々涼子・ハヤカワ文庫NF）に詳しい。企業というのは、地域に愛され、いざというときは地域の人々の心の支えになるような存在であらねばならないんだなということが、とてもよくわかる。また、そういう存在であるためには、「金もうけ第一主義」じゃなく、日ごろからいかに確固とした企業理念に基づいて判断、行動してきたかが重要だし、そこで働く一人一人に情熱とプライドがあってこそなんだな、ということもわかる。

なによりも、工場で働く人々が、震災でどんな体験をし、どういう感情を抱き、工場復興へ向けてどう動いたのかが克明に記され、非常に胸に迫ってくる。優れたノンフィクションなので、まだお読みになっていないかたは、ぜひご一読ください。

石巻工場が津波によって機能停止しているあいだ、日本製紙の各地の工場のみならず、ほかの製紙会社も協力しあって、フル稼働で紙を生産しつづけたそうだ。石巻工場のみなさんも、それに対して口々に感謝の思いを述べておられた。製紙業界全体が石巻工場の復活を信じ、石巻工場をフォローしたのである。

紙が私たちの生活や文化に及ぼす影響は大きい。日本製紙石巻工場が完全復興したおかげで、私たちはこれまでどおりに紙を使えているし、出版物も一気に電子化になだれこむことなく、紙の本か電子書籍か、読者それぞれが都合に応じて、自由に選べる状況を維持できている。

『紙つなげ！』を読んで胸打たれた私は、ぜひ日本製紙石巻工場にお邪魔したいなと思った。それに、拙著のうちの何作かは、石巻工場で作られた紙が使われているのだ。ふだんお世話になっているお礼をお伝えしたいし、紙を作る現場を見てみたい！　工場は一般公開されていないのだが、取材を打診したところ、見学させていただけることになった。そういうわけで、石ノ森萬画館を取材した翌日、日本製紙石巻工場にうかがったのである。

石巻工場は、旧北上川の西岸、海に面した平地にある。震災当日、工場で働いていたかたは千三百六人いたが、近くの日和山《ひよりやま》に避難したので無事だった。ぎりぎりまで避難誘導していた数人は、津波に呑まれた工場内で必死に建屋《たてや》の高い場所へ逃れた（『紙つなげ！』に緊迫感のある証言が収録されている）。だが、ご家族や、ちょうどシフトがお休みだったかたのなかで、津波の犠牲となったひとたちがおられる。

石巻工場のお隣は、日和山の麓《ふもと》で海に面した南浜町《みなみはまちょう》だ。津波が押し寄せ、多くのかたが亡くなった。石巻工場のかたに、南浜町と日和山に車で連れていっていただいたのだが、なにも言葉が出なかった。南浜町は、更地になっている。区画の跡から、おうちがたくさんあったのだとわかる。壊れたお寺が、ぽつんとそのまま残っていた。

日和山の山頂から、南浜町を一望できる。住宅も、道を歩くひとの姿もない。だけどそこにはたしかに、人々の日常があったのだ。私たちは黙って、南浜町と穏やかな海を眺めていた。しばらくして、「行きましょうか」と案内してくださった工場のかたがおっしゃった。静かな声だった。

日本製紙石巻工場は広大で、東京ドーム二十三個ぶんの敷地面積なのだそうだ。

「と説明しておきながら、こんなこと言うのもなんですが、なぜ『東京ドーム○個ぶん』で面積を表現するんでしょうかねえ」

「ピンとくるような、こないような、ですよね」

と工場のかたがたは笑っていたが、ものすごく広いということは充分伝わってきました。

敷地内には、紙を作る機械（抄紙機《しょうしき》）が収まった巨大な建屋や、高い煙突がいくつもある。建屋のあいだを行き来しようにも、敷地があまりにも広いので、徒歩では日が暮れてしまう。いやすまん、「日が暮れる」というのは私の誇張表現だが、かなり日が傾くのはたしかだろう。そこでみなさん、敷地内を自転車で移動しているのだそうだ。

石巻工場では、六台の抄紙機と二台の塗工機によって、年間約八十五万トンもの紙を生産できるのだとか。すごいのは生産量だけではない。さまざまな原料や薬品を精妙に配合することで、三百種類の紙を作れるらしい。

「なーんだ、大きな工場といっても、抄紙機が六台しかないのか」と思うかたもおられるかもしれないが、ちがうんだ！　抄紙機ってのは、こちらの想像をはるかに超えた、超巨大なマシンなのだ！

石巻工場で「N6マシン」と呼ばれている、最新かつ最大の抄紙機を見せてもらった。N6マシンは、ものすごーく奥行きのある建屋のなかにある。建屋の天井高も、三階ぶんぐらいありそうだ。超巨大な倉庫みたいな空間だとご想像ください。

その巨大空間の全長いっぱいを使ってようやく、N6マシンが収まるのだ！　抄紙機はとにかく大きくて長い。

「N6マシンの全長は二百七十メートル、戦艦大和《やまと》と同じぐらいの長さがあります」

と、工場のかたが説明してくださった。

ちなみに抄紙機が稼働している建屋のなかは、暑いし音がすごい。我々はヘルメットをかぶり、無線マイクを装着して会話した。すぐ隣にいるひととも、マイクを通してじゃないと声が伝わらないほど、ゴウゴウガシャンガシャンと建屋じゅうに音が轟《とどろ》いているからだ。

二百七十メートルの抄紙機を通るあいだに、紙ができあがっていく。脱水したり乾かしたり塗工を施したりするのである。そして二百七十メートルさきの終着点で、超特大のトイレットペーパーのような形状で巻き取られる。

抄紙機はさまざまな機械の集合体で、N6マシンの場合、プレスパートはドイツの機械、巻き取りパートはフィンランドの機械、紙に光沢を出すカレンダーパートは日本の機械と、各国の技術の粋《すい》を結集した編成になっている。それぞれのパートを、淀みなく高速で流れていく真っ白な紙。大河のように崇高な光景である。

できあがった紙を検品する機械もすごい。高速で流れる紙にレーザーを当てて、ほんのちょびっとゴミでも混じっていようものならすぐに反応し、その部分は後工程で抜き取って、高品質の紙だけを出荷する。そういえば、本や雑誌を読んでいて、紙自体に色むらがあったり、ちっちゃい羽虫が漉《す》きこまれてたりするページって、遭遇したことないですよね。あたりまえだと思ってしまっていたが、よく考えたら、それってすごい技術と神経の配りぶりの賜物《たまもの》なんだなと、工場を見学して実感した。

抄紙機が生みだしたばかりの、巻き取られた紙を眺めていて、私の頭におそろしい疑問が浮かんだ。ひとの背丈よりもはるかにはるかに大きい、トイレットペーパー状の紙。はたして本を何万部刷れば、この量を使いきれるのだろうか。

「そうですねえ。文庫の本文用紙は8号マシンで作るし、ここにあるものよりも幅が狭いですが……。それでも、一般的なページ数の文庫だと、ロール一本で三十万部ぐらいは作れるんじゃないでしょうか」

さん、じゅう、まん、ぶ！　聞かなきゃよかった……。いつか、「ええまあ、初版でロール一本を使いきりましたよ」と言える小説家になりたいものだが、まあ無理である。

抄紙機ごとにさまざまな癖や特長があるそうで、工場で働くみなさんは、本屋さんで単行本や文庫を見て、「あ、これは石巻工場で作られた紙だな」とわかるらしい。当然ながら、厳密なチェックを経て製品となった紙なので、素人目《しろうとめ》には機械によるちがいなどまったくわからない。みなさん、どんだけ紙を愛しておられるんですか、とすごさに打ち震えたのだった。

石巻工場には、紙を生産する部門だけではなく、新しい紙を開発する部門もある。そちらは理科の実験室のようなムードで、ビーカーやら材料をすりつぶすための乳鉢やらが置いてあった。試作品の紙を見せてもらう。色味や厚さや感触が微妙に異なるので、楽しくなって触りまくっていたら（紙フェチ）、「記念に」と何種類かの試作品をいただいた。わーい！　丸く切ってあって、とてもかわいい。大切に保管し、いまもときどき触り比べてはにまにましている。

お仕事中にお邪魔してしまったのだが、石巻工場のみなさんは、とても丁寧かつ熱心に紙づくりについて説明してくださった。こういうかたたちの存在があるからこそ、私は生活のなかでなに不自由なく紙を使えているのだし、読書を楽しむことができるのだなと、改めて感謝の思いが湧《わ》いてきた。

工場見学を終え、「駅まで車で送りますよ」とありがたいお申し出をいただく。それをいいことに私は、

「駅ではなく、石ノ森萬画館までお願いできないでしょうか」

と要求。ずうずうしい！　前日に石ノ森萬画館を取材した際、買いそびれ

た品があったのである。

事情を話すと、「そりゃあ買い物すべきだ!」と工場のかたがたは同意してくださった。『紙つなげ!』にも登場する運転手さんが、

「いまなら、うまくすると四時にまにあうかもしれない」

とおっしゃる。

石ノ森萬画館には「萬画仕掛け時計」があって、毎時ゼロ分になると、石ノ森先生が生みだしたキャラクターたちが登場する。私が前日、取材中で「仕掛け時計」を見られなかったと知った運転手さんは、素晴らしいドライビングテクニックを駆使して車を走らせてくれたのだった。

そのおかげで、無事に「仕掛け時計」を見ることができた。音楽とともに……、いやいや、時計の詳細は内緒にしておこう。ぜひとも石ノ森萬画館に行って、実際にご覧ください。

この「仕掛け時計」も、津波に遭って故障してしまったのだが、修理して見事によみがえった。石巻工場のかたがたと一緒に時計を眺めたのち、みなさんは工場へと戻っていき、私は石ノ森萬画館で買い物をした。受け止めきれないほど、見たり聞いたり体感したり親切にしていただいたりした一日だ

った。

素人目には、「む、石巻工場製！」と見抜けないのが無念だが、石巻工場で作られた紙は、私たちの身のまわりに確実に存在している。そのこと自体が、消えることのない希望の証《あかし》であるように私には感じられる。

◎文庫追記：『ぐるぐる♡博物館』の単行本では、帯と化粧扉（巻頭にある書名の入った扉）に、石巻工場で作られた「アルティマグロス80（煌《きらめき》）」という紙を使用した。この紙は、現在は日本製紙のべつの工場で作るようになったそうだが、「煌」の名のとおりキラキラしている。「グラビア印刷でしか得られなかった印刷面のシャープな仕上がりをオフセット印刷で実現します」とのこと。技術面に不案内な私だが、すごい紙だということはびんびん伝わってきた！　ちなみに単行本の本文用紙（「b7《ビーセブン》ナチュラル」）は、日本製紙岩国《いわくに》工場で生産されたものだった。おかげさまで、とてもかっこよく、読んでいるときの触感もいい本になって、うれしいかぎりであった。

じゃあ、この文庫では、石巻工場で作られた紙は使われていないの？　そう思ってしょんぼりなさったかたもおられるだろう。ふっふっ、ご安心ください。実は使われています。いまみなさんが目にしておられるページがずばり、石巻工場製の紙です！　実業之日本社さんでは、すべての文庫の本文用紙に、石巻工場で作った紙を使っているそうなのだ。

「おお！　では、この文庫の本文用紙には、いったいどんな名前がついているんですか？（「輝《かがやき》」とか「鮮《あざやか》」とかかな）」と、わくわくしながら尋ねたところ、「『文庫用紙』です」という回答だった。……まんまやんけ！　銘柄名をつけるものとつけないものがあるのは、どんな基準によるものなんだ。しかしまあ、「文庫に用いる紙だから『文庫用紙』でよかろう」という無骨さも、質実剛健という感じがして好ましいのだった。

第8館

風俗資料館

求めよ、さらば与えられん

二〇一五年四月上旬、私は東京のJR飯田橋《いいだばし》駅から徒歩四分の距離にある、雑居ビルのまえでたたずんでいた。

平日の午前中。あいにくの雨模様だが、会社員らしき人々が道を行きかっている。きわめて平穏な都会の風景と言えよう。私が見上げているビルも、なんの変哲もない建物だ。だが、実はここの五階には、「風俗資料館」が存在する。風俗資料館は、「日本で唯一のSM・フェティシズム専門図書館」なのである！　しかも会員制！

ごくり。資料館内部は、いったいどんな雰囲気なのか。薄暗く、SMショー用のステージが設置されていたりして……。

やや気おくれするものを感じ、まずは一階の壁に取りつけられたプレートを眺める。ビルに入居する企業名などが書かれたプレートだ。五階の欄には、「風俗資料館」と堂々と記されていた。同時に、四階に学習塾が入っていることも判明。うーむ、風俗資料館の真下で勉学に励んでいるのか。将来有望だ。自分たちの頭上に、SMやフェティシズムに関する貴重な資料が並んでいるとは、たぶんかれらは気づいていないと思うが。

私自身はというと、SMにまったく疎《うと》い。小学生のころ、映画館でアニメ『少年ケニヤ』を見たのだが、ヒロインの少女が悪者に鞭《むち》打たれるシーンがあり、子どもながらにモヤモヤと興奮した。あと、これまた小学生のころ、映画館でアニメ『アリオン』を見たのだが（以下同文）。……おや？　疎いと言いつつ、わりと素質あるのかしらん。そして一九八〇年代のアニメ、いくらなんでもヒロインの少女を鞭打ちすぎだ。

こんな素人《しろうと》が、風俗資料館に足を踏み入れていいのだろうか。ドキドキしながらも小さなエレベーターに乗る。ワンフロアにひとつの入居者というつくりのビルで、五階で降りるとドアが一個だけあった。磨《す》りガラスがはめられており、なかをうかがうことはできない。ガラスには教科書体らしき端正な書体で、「風俗資料館」と刻まれている。

上品な門がまえならぬドアがまえで、「当方、江戸時代の風習や習俗の資料を集めております」と言われれば信じてしまいそうだが、実際はそうじゃないんだよな……。そっとドアを開け、「ごめんください」と声をかける。

入ってすぐのところに、受付のカウンターがあった。私と同年代ぐらいかなという女性が座っている。レザーに身を包んだマッチョなおじさまが出てくるのかと思っていたので（↑SMへの浅すぎる認識）、なんだか意外な感じがした。

館内はというと、ショー用のステージはどこにもなく、図書館そのものだった。奥行きのある長方形の一室で、壁面はすべて天井までの書棚で覆われ、雑誌や書籍が整然と並んでいる。中央のスペースには、閲覧用の大机が置いてあり、何脚もの椅子《いす》が取り囲んでいる。腹ぐらいまでの高さの書棚も二列あって、そこにもやはり資料が収められている。

非常に真面目《まじめ》かつストイックな雰囲気にあふれた、静かな空間である。先客として、品のよさそうなおじいさんが一人おられたのだが、特にこちらを気にするでもなく、大机に向かって何冊かの雑誌を熱心に眺めている。

どうやら、だれにも干渉されず、自分のペースで好きなように雑誌や本を手に取り、思うぞんぶん読みふけっていいようだ。都会のビルの一室に、こんな隠れ家のような図書館があったとは……！

事前に取材許可を得ていたので、私はさっそく、書棚を見てまわった。おおお、「奇譚《きたん》クラブ」（一九四七年創刊の雑誌。団鬼六《だんおにろく》の『花と蛇《へび》』や沼正三《ぬましょうぞう》の『家畜人ヤプー』が連載されていた）！「風俗奇譚」（一九六〇年創刊の雑誌。ＳＭだけでなくゲイやレズビアンなども取りあげ、のちのゲイ雑誌にも影響を与えたとされる）！伝説の雑誌がずらりと並んでいる。もちろん、「ＳＭスナイパー」など、比較的近年まで紙媒体で定期刊行していた雑誌や、海外の雑誌もいろいろあった。漫画や書籍、国の内外を問わず写真集も豊富だ。さらに、私家版の漫画や、会員のかたが作って寄贈したらしいスクラップブックなども見ることができる。とにかく看板に偽りなしで、ＳＭやフェティシズムに関するありとあらゆる資料が、この一室に集まっているのだった。

これほど専門的な図書館があっていいのか！　私が犬だったら、地面に寝転がって腹を見せ、降参のポーズを取りつつ「うれション」をしているところだ。いずれは蔵書をもとにＢＬ（ボーイズラブ）図書館を作り、愛好家が集《つど》える場所を持ちたいと夢想する身としては、風俗資料館はまさに夢を具現化した先輩である。いったいだれが、こんなすごいことを実現したのか。所蔵本をどこから集め、どうやって運営しているのか。おしえて、先輩！

……そのまえに、気になったものを見せてもらおうっと。書棚からコルセットの写真集（洋書）を取りだし、大机でじっくりと眺める。豊満な外国人女性が、互いのコルセットをぐいぐい締めあげあっている。ふうむ、いいな。おや、「週刊現代1970年12月12日増刊　三島由紀夫《みしまゆきお》緊急特集号」もある（たぶん「切腹」という行為が、風俗資料館の琴線に触れたのだろう）。どれどれ……。

あまりにも居心地《いごこち》のいい空間で、つい読書にふけってしまった。いかん！　取材に来たのに、ふがふが読んでばかりではいかん！

なんとか理性を取り戻し、写真集と雑誌を棚に戻した私は、受付カウンターの女性に声をかけた。

「すみません、館長さんにお話しをうかがいたいんですが」

「はい」

館内はご覧の雰囲気です。
この空間でずっと読みふけっていたい！

しましょう」

と女性は立ちあがり、カウンターから出てきた。「では、閲覧机のほうでお話し

なんと、その女性が館長さんだったのである！　「白髪で杖《つえ》をついたご老人」を勝手にイメージしていたので、びっくりした。

現館長は三代目で、中原《なかはら》るつさんという。

「中原さんはどういういきさつで、風俗資料館の館長になったんですか？」

「ふつうに、ここに就職しました。私は古本を見るのが趣味で、昔の雑誌が好きだったんです。そのなかに、あまりえげつないSMプレイではなく、絵物語や小説が載っている雑誌もあって、すごくおもしろくて。『いまの雑誌には、なかなかこういうのはないなあ』と、ちょろちょろ買っていた。それで、この資料館の存在も学生のころから知ってはいたんです。ただ、実際に閲覧しにいくのはちょっとハードルが高かったので、『じゃあ、働かせてもらえないか聞いてみよう』と」

「えっ、いきなり就職の申し込みをしたんですか？　そっちのほうがハードルが高い気がしますが……。館員を募集中だったんですか？」

「全然。でも、熱意を持って訪ねたら採用してくれました」

以来十年ちょっと、中原さんは風俗資料館で働きつづけている。

いまはお辞めになった二代目館長は、ネットに詳しく、相当早い時期に風俗資料館のホームページを立ちあげたのだそうだ。中原さんが三代目館長になってから、風俗資料館は株式会社化した。「お金だのなんだのが不得意だしめんどくさいしわからないので」、いっそのこと株式会社化したほうが明快だし楽だろうとの判断だ。現在は、中原さんともう一人の女性で、すべての業務をまわしているそうだ。

では、初代館長はどういうかただったのだろうか。

「『風俗奇譚』の編集長だった高倉一《たかくらはじめ》と、『風俗奇譚』でお仕置き小説を書いていた平牙人《たいらきばと》先生が、『自分の好きなものを、ゆっくり読める場所があるといいよね』と意気投合して作ったのが、風俗資料館です。初代館長には高倉が就きました。できてから三十年ぐらい経《た》ちます」

なるほど。風俗資料館は、高倉氏と平先生のロマンを形にした場所なのだな（そして、「お仕置き小説」というジャンルがあるのだな……）。たしかに自宅では、いつ奥さんや子どもが部屋に入ってくるかわからないから、SM雑誌もおちおち読めない。せっかくいろいろな雑誌や本を集めても、置き場所に困る。SMとはちがうジャンルなれど、BL愛好家のはしくれとして、そのお悩み、とてもよくわかります！　だが、本当に図書館を作ってしまったというのが、やっぱりすごいことだなあ。

「では、運営はどのようになさっているんですか？」

「会員のみなさまの会費のみで成り立っています」

三代目館長に就任した中原さんは、風俗資料館にビジター制度を導入した。出張のついでに思いきって一日だけ立ち寄りたいというひとや、会員証を手もとに置いておくのはまずいというひともいるからだ。そのため、トータルで何人が風俗資料館を活用しているのか、正確なところはわからない（とはいえ、二十歳未満は入館できないので、ビジターであっても名前と生年月日を記入する必要はある）。ただ、正規の会員だけでも数百人はいるとのことだ。

利用者の年齢層はというと、一番多いのは四十代以降だそうだ。三十年ほどまえ、資料館ができたときも、会員の中心は四、五十代だった。そのかたたちは、いまや七、八十代になっているが、熱心に通ってくるかたも多いとか。

じゃあ、二、三十代が皆無かといえば、そんなこともない。ビジター制度を使い、二十代の女性がおずおずやってきて、昔の雑誌を目を輝かせて眺めていくこともある。いまはネットでいくらでも情報に接することができるけれど、「どうもピンとこない」という若いひとも多いらしい。そうこうするうち、風俗資料館にたどりつき、昔の雑誌をはじめて手に取って、「私が求めていたのは、これだ！」と思う場合もあるのだそうだ。

「ＳＭ」「フェティシズム」と一言でまとめてしまいがちだが、内実はもちろん多種多様で、奥深く幅が広い。個々人によっても、好みはまったくちがう。実践したいひともいれば、活字や写真や絵や映像でのみ楽しみたいひともいる。

門外漢からすると、「ＳＭ？ 縛ったり鞭で叩《たた》いたりするんだろ」「過激ならなんでもいいんじゃないの」という程度の認識しかないが、それは大きな誤解である。「萌《も》えポイント」は、もっと繊細かつ微細なもので、しかもひとそれぞれなのだ。「ＳＭとはこういうもの」と、おおざっぱにまとめることなど決してできない。また、自分がどういうものを好むのか、最初から明確に把握できるひとは少ないだろう。さまざまなＳＭ表現に触れることを通して、「これだ！」の瞬間が訪れるのだと思う。

そう考えると、ＳＭにかぎらず、多くの趣味・嗜好《しこう》は、きわめて知的というか、「学習」に裏打ちされたものだと言えそうだ。ただまぐわうだけではない、知的（かつ性的）興奮を追求せずにはいられないあたり、人間とは複雑で不思議な生き物だなと思う。

風俗資料館の所蔵本は、雑誌などの場合、出版社から献本されたものもあるが、大半は個人の寄贈だ。自分のコレクションのなかから、選《よ》りすぐったものを二、三冊というひともいれば、十箱以上送ってくるひともいる。紙媒体だけでなく、DVD、ビデオ、8ミリフィルムなども、再生に必要な機器とともに送られてくる場合がある。

本好きのかたなら、だれしも心配したことがあるはずだ。「自分の死後、蔵書はどうなってしまうんだろう」と。しかも、蔵書がSMやフェティシズム関連ばかりとなれば、心配も倍増することと思う。

でも、大丈夫！　風俗資料館が引き取ってくれます！　資料館の郵便受けに一冊だけ、お手製スクラップブックをこっそり入れていったひともいたらしい。「この資料館だったら、きっと大切に保存してくれる」と、断腸の思いで託したんでしょうね、ううう（涙）。たとえ雑誌などがダブっても、倉庫に保管しておく。風俗資料館は開架式の図書館で、自由に手に取って閲覧できる。そのため、どうしても所蔵本が傷んでしまうので、ストックは絶対に必要なのだとか。

「貸し出しはしていませんが、必要なページをコピーすることはできます（有料）。コピーは私たち職員が取るので、みなさん恥ずかしがるんですが」

「そっか。好みがなんなのか、中原さんに知られてしまいますもんね」

「はい。でも、『このために来館されたんですから』と背中を押します」

たしかに、ほかではなかなか見ることのできない資料が目白押しなのだ。「四十年前に読んだ、『風俗奇譚』に載っていた小説にやっとめぐりあえた！」というかたもいるそうで、そりゃあ恥じらいをかなぐり捨ててコピーを取ってもらったほうがいい。

風俗資料館では、書名や出版社名、雑誌だったら号数など、所蔵本のデータを作っている。中原さんはもっと詳しく、「馬が出てくる」とか「女性が縛られている」とか、内容もデータ化しようと試みたことがあるのだが、すぐに諦めたらしい。

「たとえば、馬に乗った女性の写真が掲載されているとして、『馬に乗った女性』が肝心なのか、『女性に乗られている馬』が肝心なのか、ひとによってフォーカスする部分が全然ちがうんです」

「ふうむ。女性が全裸か半裸か着衣かで、興奮するかしないかがわかれる、ということもありそうですね。『馬は絶対に黒馬じゃなきゃダメだ！』ってかたもいるかもしれないし」

「どれだけ細かいデータを作っても、利用者にとっては的はずれで役に立たないものになってしまうかなと。それで、基本的な書誌データだけは作っておき、あとはご自分で来館されて、お目当てのものを探していただいたほうがいいと思うようになりました」

しかし、「風俗資料館に行って、もし知りあいに遭遇してしまったら、どうしたらいいんでしょう」といった問い合わせの電話もあるそうだ。

「ここで会うということは、同好の士だってことですから、気にしなくていいのでは……」

「ええ。一回だけですが、知りあい同士が顔を合わせたのを見たことがあります。仕事で何十年来のつきあいがあったのに、お互いの趣味をまったく知らなかったらしくて。『あれ、どうしてここに!?』『いやあ、まさかねえ』って、驚いてらっしゃいました」

運命の出会いである。ま、ごくたまにそういうことも起こるようだが、その二人も、互いの細かい趣味には立ち入らず、仕事上でもなんら変わりなくつきあいがつづいているそうだ。基本的に会員制だし、「干渉せず、節度を持って」という距離感が確立した空間なので、それほど案じる必要はないだろう。

中原さんが、おすすめの雑誌を紹介してくれた。まずは、「ニャン2倶楽部《くらぶ》Z」

（コアマガジン）。にゃんにゃん、と読みます。毎月刊行されている、読者からの投稿雑誌だ（その後、廃刊となるも、「新生ニャン2倶楽部」としてマイウェイ出版から見事に復刊。不死鳥だぜ、ニャン2！）。投稿雑誌って、隠し撮りした写真が主なのかと思っていたのだが、少なくとも「ニャン2倶楽部Z」はそうではないようで、被写体の男女はノリノリである。編集部がつける写真のキャプションもノリノリで、ものすごい熱気が雑誌全体にあふれている。

「熱心に写真を投稿してくるかたが、全国各地にいるそうです。編集長さんもちゃんとわかっていて、屈辱っぽく扱われたい願望がある投稿者の場合には、写真のキャプションを、『なんだこのメス豚が！』とかにするんですって」

「す、すごいな……。あっ、『女優の○○さん似の人妻の陰毛を、読者プレゼント！』って書いてありますね。えーと、なになに？『おそらく300本以上あると思います。10人の応募

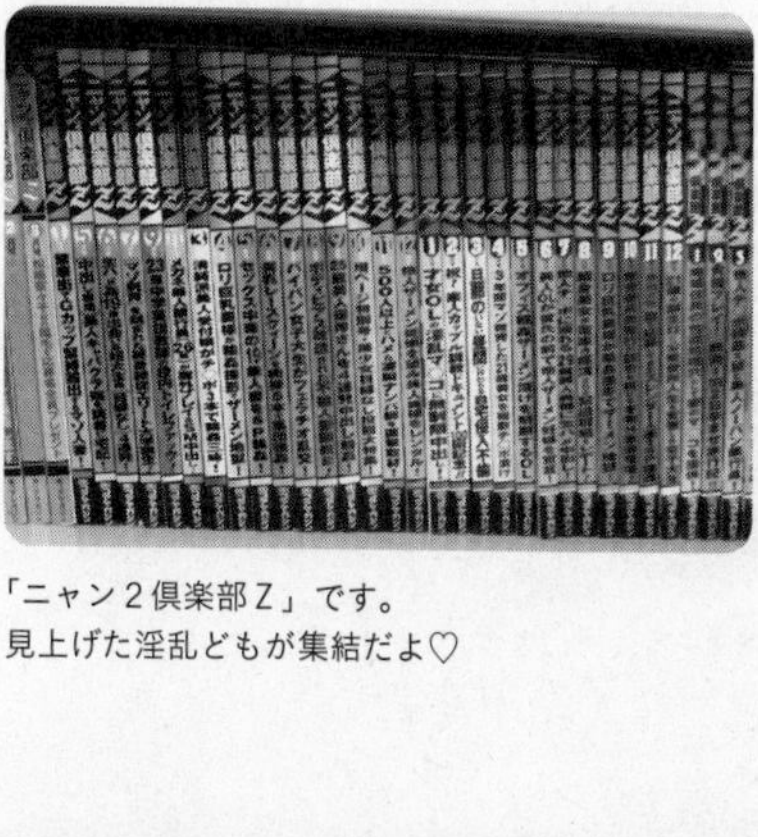

「ニャン２倶楽部Ｚ」です。
見上げた淫乱どもが集結だよ♡

があった場合は30本ずつ。なるべく均一にお分けします。本誌美人編集者が発送致します。男の手は一切触れませんので御安心下さい』」

この、いたれりつくせり感。読者のニーズに応え、隅々まで気合いの入った雑誌づくりで、思わず目頭を押さえた。

「BON」という写真集もすごい（梵《ぼん》アソシエーション）。シリーズで何冊も出ているのだが、マッチョなアニキ風の男性が、ふんどし一丁で日本《にほん》橋《ばし》の欄干《らんかん》に登ったり、かわいい猫と戯《たわむ》れたり、浅《あさ》草《くさ》の雷門《かみなりもん》のまえで仁王立ちしたりしている。

「三社祭《さんじゃまつり》の日でもないようなのに、公共の場でふんどし一丁。よく警察にしょっぴかれなかったですね……」

「こちらは泥地獄です。田んぼのなかで、ふんどし一丁のアニキたちがくんずほぐれつ大暴れして

「BON」シリーズ。荒波を背に磯に立つアニキもいました

いでもある「田んぼの持ち主に了承取ったのか!?」

「田植えする直前のようですから、大丈夫でしょう」

カメラマンは波賀九郎《はがくろう》さんというかたで、梵アソシエーションの発行人でもあるようだ。巻末には「モデル募集中」と書いてあり、「とにかく素敵なアニキたちの写真を撮りたい！」という熱意がこれまた充溢《じゅういつ》している。モデルさんの表情が、みんな生き生きしてるんだよなあ。シリーズがたくさん刊行されたのもうなずける、とてもいい写真集だ。

「風俗奇譚　昭和三七年四月特別号」から連載がはじまった、『朱金昭《チュウチンチョウ》』という小説も、素晴らしい味わいであった（作・芦立鋭吉《あだちえいきち》、絵・小田利美《おだとしみ》）。戦争中に捕虜になった諜報部《ちょうほうぶ》の軍人が、敵兵から責め苦を受ける（むろん、「苦」だけじゃなく、被虐の快感も生じるのだけれど、そこは軍人なのでグッと耐える）。彼は自分の部下からも慕われているようで、ああ、どうなるの、この話！

取材だということを忘れ、またも読みふけっていたら、

「よかったら、ミミズとかもありますので」

と中原さんが言った。

誤解なきよう申し添えると、中原さんが「ミミズ推し」なわけではない。今回の取材の申し込みをしたとき、「男女のSMにはあまり興味がないので、『男同士』や『女同士』、あるいは『人間と動物』といった作品を見せてください」と、メールでお願いしておいたのだ。それで中原さんは所蔵本のなかから、私のリクエストに応じた作品を探してくださっていたのだった。

中原さんが出してきてくれたのは、秋吉巒《あきよしらん》の原画だ。秋吉氏は、幻想文学やSF系の挿絵も多く手がけている画家なので、絵をご覧になったことのあるかたも多いと思う。今回見た原画は、縛られた女性がミミズ入りの水槽に入れられているところであった。

「おおお！　うつくしい絵なのに、題材はミミズ！」

「これでは物足りない場合は、『奇姦《きかん》』（三和出版）というDVD付きのムックもあります。閲覧の際は、お気をつけなすって……」

中原さんはそう言って、今度はフルカラーの写真集を差しだした。全裸の女性が、金魚やらカエルやらにまみれて大変なことになっておる。

「ぎゃっ。これはもはや、快や不快を超越している！　女の子たちのガッツをひたすら称賛し、シャッポを脱ぐほかない！」

「無表情でもなく、泣き叫んでいるわけでもなく、『がんばった！』という恍惚《こうこつ》の表情をしているところが、いいなと思うのです」

「はい……。しかし中原さん、たしかに私、『人間と動物』とリクエストしましたが、ここまでのがんばりじゃなくてけっこうです」

「そうですか？　では、こちらはどうでしょう」

次に出てきたのは、なんと伊藤晴雨《いとうせいう》の原画！　何十枚もあって、色も塗られている。そのなかに、柱にくくりつけられた全裸の女性が、蚊《か》にたかられて悶《もだ》えている絵があった。

「地味にいやな責められかた！」

うん、これもまあ、「人間と動物（ていうか生き物）」ではある。蚊か……、よく考えついたなあ。

ほかにも、臼井静洋《うすいせいよう》という画家に、お金持ちが個人的に発注し、絹に描かせた絵が無数にあった。臼井氏は謎の画家で、パトロンのためだけに描いていたひとのようなのだが、迫力あるタッチで、色もとても鮮やかでうつくしい。しかし内容はといえば、美空《みそら》ひばりがひどい目に遭う「歌姫残酷物語」とか、そんなのばっかり。絵物語風になっており、お手伝いさんの少女をいじめていた美空ひばりが、逆襲さ

秋吉巒の原画。
画面右端、覗きこむおじさんにおおいに感情移入

伊藤晴雨の原画。この女性、もしや妊婦さんかな。ひどい！　が、蚊責めが斬新！

れて豪邸を追われ、無理やり田植えをさせられたり、少女と取っ組みあいの喧嘩《けんか》をしたりするのであった。むろん、まったく事実無根の、完全なる脳内妄想なのだが、それをフルカラーの絵にしてしまった執念とひばり愛に瞠目《どうもく》だ。財力と腕のある絵師とを得た依頼者が、ウッキウキでアイディアを出したことがうかがわれるのだった。

出版物ではない、個人のひそやかな創作物の傑作は、まだまだたくさんある。

たとえば、「亡き妻との愛の記録」と題されたスクラップブック。奥さんが若くして病気で亡くなられ、失意のだんなさんが作製したもの。このご夫婦、寝室でSMを楽しんでおられたのである。その様子を収めたポラロイド写真が、きれいにファイリングされているのだ。スクラップブックに同封されただんなさんの手紙には、「手もとに残しておいて、子どもに見つかってもまずいので、涙を拭《ふ》いて風俗資料館にお預けします」という旨が記されていた。写真から夫婦の愛情と信頼関係が伝わってくる、胸に迫るスクラップブックだ。

「A氏コレクション」と銘打たれたスクラップブックもすごくて、雑誌の写真や新聞小説の挿絵のなかから、縛られた女性の姿だけをきれいに切り抜いて貼ってある。しかも、A氏は「猿ぐつわ萌え」だったらしく、几帳面《きちょうめん》にも猿ぐつわを自分で描き加えているのだ！　ううむ、底抜けの情熱。あと、時代小説の挿絵には、「縛られた女性」が案外頻出するんだなということに気づかされた。

集積されたコレクションの数々を見て、「愛や業《ごう》のない人生など、クソのようなものだ」と、つくづく感じた。明朗でだれからも白眼視されず、けれど熱烈な愛を捧《ささ》げる対象のない人生か、ちょっと人目を憚《はばか》る趣味なんだけど、愛と情熱だけはまんまんな人生か、どちらを選びたいかと問われたら、私は迷うことなく後者だ。風俗資料館で、金魚まみれの女体写真やらをのびのびと鑑賞できたことで、改めてそう確信するに至った。

「中原さんは今後、風俗資料館をどのような場所にしていきたいですか？」

「私が唯一心がけているのは、図書館然としたところを崩さない、ということです。たとえば、『月に一回おしゃれなイベントを開催する、若いひとも気軽に来られるお出かけスポット』みたいにはしたくない。お互いにある程度の距離を保ったまま、図書館で自分の好きなものを静かに閲覧する。おじいちゃんたちも気がねなく通える。それが理想です」

個人のかたから寄贈されたスクラップブックも大切に保管されています

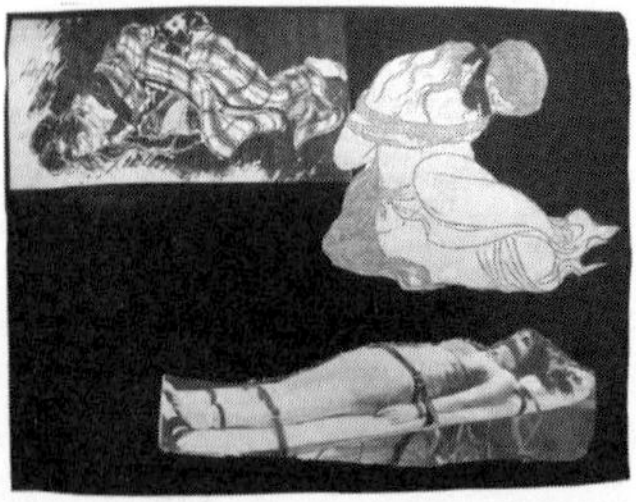

見よ、この美学にあふれた貼りかたを！
しかも何冊もあります（A氏コレクション）

非常に納得した。風俗資料館の居心地のよさ、隠れ家的雰囲気は、運営者と利用者双方の情熱、節度、気概、相手への配慮から醸《かも》しだされているものなのだ。

求めよ、さらば与えられん。SMやフェティシズムについて、モヤモヤとした愛と情熱を抱いているかたは、くれぐれも真剣さと節度を保って、風俗資料館を訪れてみてください。大変な質と量のお宝が、あなたを待っています！

◎文庫追記：本書の文庫化にあたり、取材当時との変更点の有無など、内容の確認を改めて各館にお願いした。それがちょうど新型コロナウイルス騒動の時期と重なってしまい、博物館はいろいろ大変な状況にあった。中原るつさんによると、休館を余儀なくされた風俗資料館も、緊急事態宣言の解除を受けて、ようやく再開できたとのこと。ガイドラインに沿った館内環境を整えるため、一週間ほどは力仕事に明け暮れていたそうだ。休館中も会員さんたちが心配と応援の声を寄せてくれて、「とても支えになった」と中原さんは感謝しておられた。「風俗資料館というかけがえのない小さなともしびを消さないためにも、がんばるぞと引き締まる思いです。ウイルスとは長いつきあいになりそうですけれど、大好きな本に囲まれて、みんなが静かに読書に耽溺《たんでき》する至福の時間を取り戻せることを願い、今後も地道につづけてまいります」とのメッセージを預かった。

中原さんが風俗資料館にいるかぎり、会員のみなさまの憩いの場と貴重な資料は守られることだろう。「かけがえのない小さなともしび」という言葉が、これほどふさわしい館はないと私も思う。小さくても、夜空の星のように明るく輝かしいともしびだ。

伊藤晴雨の原画より。悪党が美男でうっとりだ

data

風俗資料館

会員制。ビジター制度（入館料6050円）あり。詳細は以下のホームページをご参照ください。
http://pl-fs.kir.jp/pc/top.htm
開館時間★10時～18時（金曜日のみ21時まで）。毎週水曜日の19時～21時は女性限定「夜の図書館」（会員以外 1650円）　休館日★毎週木曜日、日曜日、年末年始　問い合わせ先=TEL：03-5261-9557　東京都新宿区揚場町2-17　川島第二ビル5階

第9館

めがねミュージアム

ハイテク&職人技の総本山

二〇一五年六月下旬、福井県鯖江《さばえ》市にある「めがねミュージアム」へ行った。

福井県は、めがねフレーム生産における国内シェアの、約九十五パーセントを占めるのだそうだ。そして、その中核を担っているのが鯖江市だ。つまり、「一般社団法人　福井県眼鏡《がんきょう》協会」が運営する鯖江のめがねミュージアムは、めがねの総本山(?)なのである!

めがねミュージアムは、めがねの歴史を紹介する博物館だ。同じ建物内には、最新モデルのめがね(むろん、福井県内のメーカーの品)を買えるアンテナショップも併設されている。さらに体験工房もあって、好みの形と色と柄を選び、めがねを手づくりできるとのこと。むむむ、それはぜひとも挑戦せねばなるまいよ。

JR鯖江駅から十分ほどの道のりを、編集Fさんと私は期待に満ちて歩く。広い道をずんずん進むと、行く手に白いビルが見えてきた。ビルのてっぺんに、巨大な赤いめがねがドーンと載っている。まちがいない（というか、まちがいようがない）！　めがねミュージアムだ！

わくわくが高じて競歩なみの早足になったFさんと私は、館内に入ったところで、「ほええ」と立ち止まった。吹き抜けのエントランスに、大きな球形のオブジェがふたつ、宙吊《ちゅうづ》りになっている。よく見たら、球はたくさんのめがねフレーム（軽くて丈夫なチタン製）で形づくられているではないか。なんてオシャレでかっこいいんだ！

エレベーターで、三階のミュージアムフロアへ（註：章末の文庫追記をご参照ください）。入場無料のこぢんまりとした博物館だが、内容は充実している。中央には、めがねをすべて手で作っていたころの道具が置いてあり、壁には、当時の作業の様子がわかる白黒写真のパネルが貼ってあった。写っているのは、大勢の男女が机に向かい、真剣な面持ちでめがねを作る姿だ。ガラスの陳列ケースには、昔のめがねやめがね入れがずらりと並んでいて、眺めるだけで楽しいし、形状の変遷がよくわかる。

フロアにいる「案内人」のかたにお願いすれば、展示品やめがねの歴史について解説してくださる。私が行ったときは、榊幹雄《さかきみきお》さんが案内人だった。榊さんは、何十年もめがねを作ってきた職人さんだ。私の頼みに快く応じ、榊さんは説明をはじめた。これが名調子で、立て板に水なうえに独特の抑揚というか節まわしが効いており、思わず惹《ひ》きこまれる。知識や経験がすべて頭と体に染みこんでいるようで、メモなどはなにも見ないのだからすごい。

榊さんが語ってくださったことをまとめると、福井県でめがねフレームを生産しはじめたのは、足羽郡麻生津村生野《あすわぐんあそうづむらしょうの》（現・福井市）において、一九〇五年（明治三八年）のことだ。この村の大きな農家の出身で、村会議員を務めた増永五左衛門《ますながござえもん》氏が、大阪のめがね職人を招いたのがきっかけだった（現在、めがねミュージアムのエントランスでは、銅像となった増永氏が人々を見守っている）。

福井県は雪深く、長い冬のあいだ、農作業ができなくなってしまう。そこで、家のなかでできる仕事として、「めがねづくり」はどうかな、と白羽の矢を立てたのである。みんなで技術の習得と工夫に励み、福井県は見事、「めがね県」となった。ちょうど新聞や雑誌がたくさん発行されはじめた時期で、老眼鏡をはじめとするめがねの需要が高まっていたのも追い風となった。

当時は極小のネジ一本まで、百パーセント手づくりだった。四、五人のチームをたくさん作り、品質にばらつきが出ないようにしつつ、チーム内で分業して大量にめがねをこしらえた。

鯖江は第二次世界大戦後、軍の跡地が工業用地として転用されたので、県内でも特にめがねづくりが盛んになって、いまに至る。

ふむふむ、なるほど、と歴史に耳を傾けていたら、

「では、最初の質問に行きましょう」

と榊さんが言った。

「え、質問!?」

「めがねとは、どんなものだと考えていますか?」

クイズ番組みたいだ、とたじろぐ私をよそに、いきなり哲学的(?)な出題だ。うんうん考えたすえ、

「視力を補うもの」

と答える。

「役割としては、たしかにそれが一番大切ですが、もっと単純に考えましょう。

熱心に説明してくださる榊さんに、実はこのとき、ある危機が迫っていたのだった……(本文で後述)

めがねとは、『レンズとフレームが一体になったもの』です。つまり、レンズが落ちないことが大事なのです」

たしかにそうだ！　レンズは落ちなかったが、私の目からうろこが落ちた。

めがねのフレームの内側には、V字の溝がぐるりと刻まれている。レンズをはめこむための溝だ（レンズのほうは当然、周縁が三角にとがっている）。こうすることで、レンズがカチッとフレームにはまり、落ちにくくなる。フレームがレンズの上部にしかないめがねもあるが、この場合はレンズの縁《ふち》に溝を刻み、そこに上部のフレーム部分からナイロンの糸をかけて、レンズを吊《つる》す仕組みになっているそうだ。

手作業でめがねを作っていた時代、フレームに溝を刻むために使った道具が、「シャチ（車地）」だ。枠だけの橇《そり》のような形状で、端っこに小さな穴の空いた金属板をセットする。穴をよく見ると、内側に一部、V字の切りこみが入っている。この穴にフレームを通し、ぎこぎこ引っ張ることで、レンズをはめるための溝が刻まれるのだ。

しかし、フレームは輪になっている。輪を、小さな穴に、どうやって通すんだ？　絶対に解決不可能な知恵の輪ではないか。首をひねっていたら、榊さんが教えてくれた。なんとこの段階では、フレーム部分は金属の細い棒状の物体なのだ。

　昔のめがねって、丸めがねばかりという印象だが、それには理由があった。左右のフレームは、最初はそれぞれ、独立した単なる棒なのである。シャチの穴に棒を通し、レンズをはめこむための溝を刻む。次に、溝が刻まれた二本の棒を、横棒（ブリッジ）でつなぐ（つまり「H」形になる）。あとは、「H」の縦棒二本をそれぞれ丸めて輪にし（○-○）（←横にしてご覧ください。めがねです）、左右の輪っかにテンプル

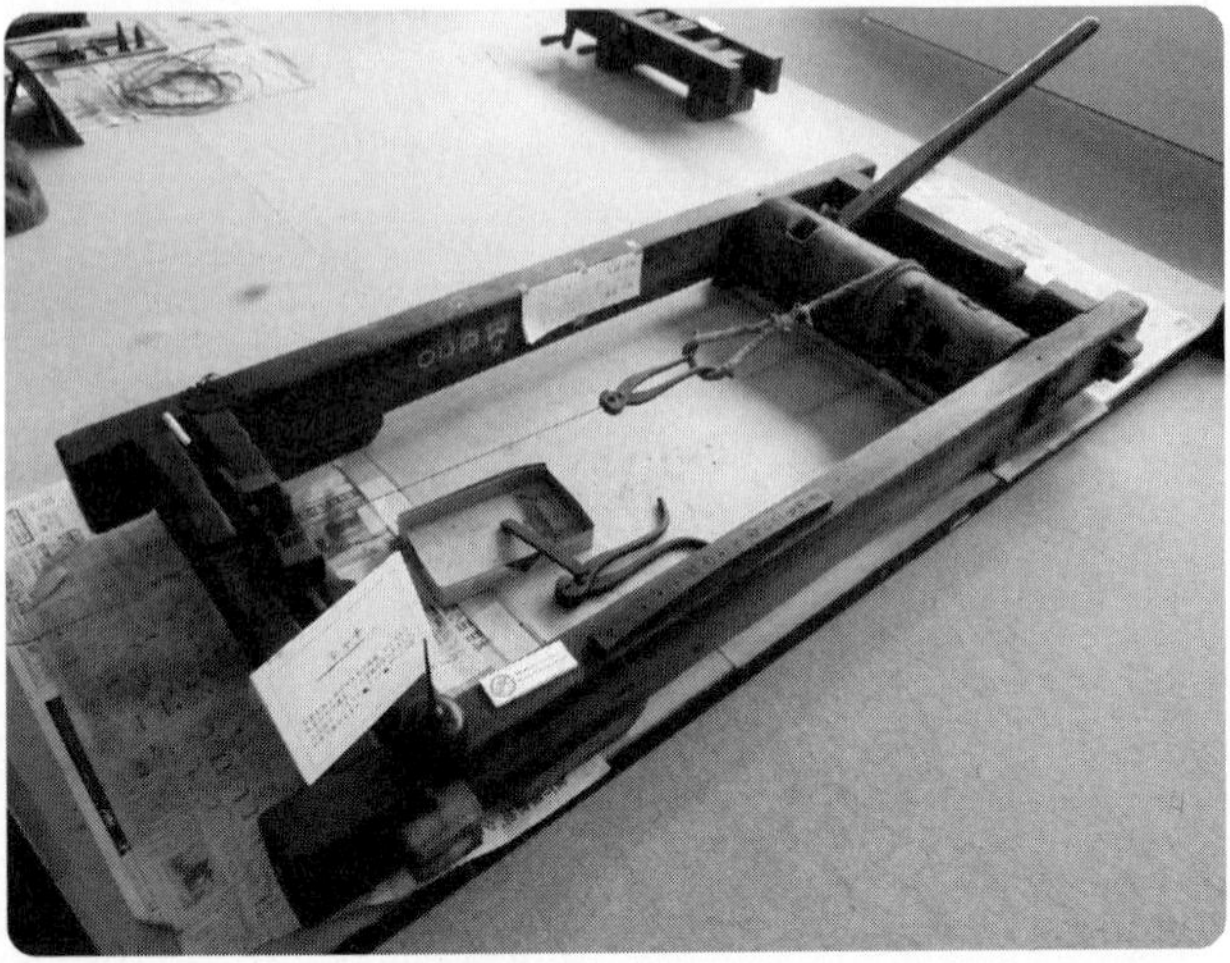

「シャチ」です。中央に張られた細い線が、めがねのフレームとなる金属。左端にセットした、金属板の穴に通してあります。右端上部から突きでた取っ手をぎこぎこ動かし、溝を刻みます

(つる)をつければ(―〇―〇―)(↑横にして以下略)、あーら不思議、丸めがねのできあがり！

ちなみに、めがねには当初、鼻あて(ブリッジにくっついている透明の豆みたいな部品)がなかった。ヨーロッパの人々は鼻のつけねが高いので、鼻あてがなくても、レンズと目の距離を適切に保つことができたからだ。しかし鼻の低い日本人には、どうも不向きだ。そこで、鼻あてをつけることでめがねを顔からやや離し、レンズと目との距離を稼いだのである。この方法だと、個々人の顔の彫りの深さに応じて調整がしやすいので、現在では世界中のめがねで鼻あてが採用されている。

「けれど残念なことに、福井県の人々は鼻あての特許を取るのを忘れていたのです」

しょんぼりする榊さん。

「えぇー！　それはもったいないことをしましたね……」

「いまごろ大変な金額が入ってきていたでしょう……。駄目なところを直すことには一生懸命になるが、特許などには詳しくなかった。でも、解決法が見つかって、めがねの駄目なところはなくなったのですから、もういいのです」

気を取り直す榊さん。職人気質《かたぎ》というか、実直なお人柄が伝わってくる。

そのあとも、昔はどうやってめがねを手づくりしていたか、道具をひとつひとつ丁寧に紹介しながらレクチャーしてくださった。フレームの作りかただけではなく、レンズの歴史にまで話は及び、非常に興味深い。

「十六世紀にヨーロッパで、いまと同じような形のめがねができました。けれどそれは、ものを見るためのめがねではなかったのです。さあ、なんのために作られたものでしょうか」（クイズ番組形式を続行する榊さん）

「おしゃれのため！」

「ちがいます」

正解はぜひ、めがねミュージアムで、榊さんの名調子を通して教えてもらってください。

「では、もっともっと昔、ガラスがなかった時代には、なにがレンズとして使われていたでしょうか」

「氷！」

「……あのぅ、氷はじっとしてないですね。溶けていってしまいます」（見当違いな回答ばかり連発する私に、やや困惑ぎみの榊さん）

正解はぜひ、めがねミュージアムで（以下略）。

鼈甲《べっこう》のめがね、水牛の角を使ったためがね、オペラグラスのように手で持つための棒がついためがね。さまざまな材質、さまざまな時代のめがねを、ミュージアムフロアではたくさん見ることができる。

めがね入れも多種多様だ。日本で百年ほどまえに作られたものは、江戸時代の煙草《たばこ》入れや刀の鞘《さや》を作る技術が使われているそうで、とてもかわいくて細工が細かい。小さな小銭入れのようなものがくっついているめがね入れもあった。なかには小銭ではなく、めがね拭《ふ》きを入れたのだとか。

中国のめがね入れは、木をくりぬいたものに、なめした鮫皮《さめがわ》を貼ってあり、カナブンみたいにうつくしい光沢を帯びている。

「わあ、きれい！」

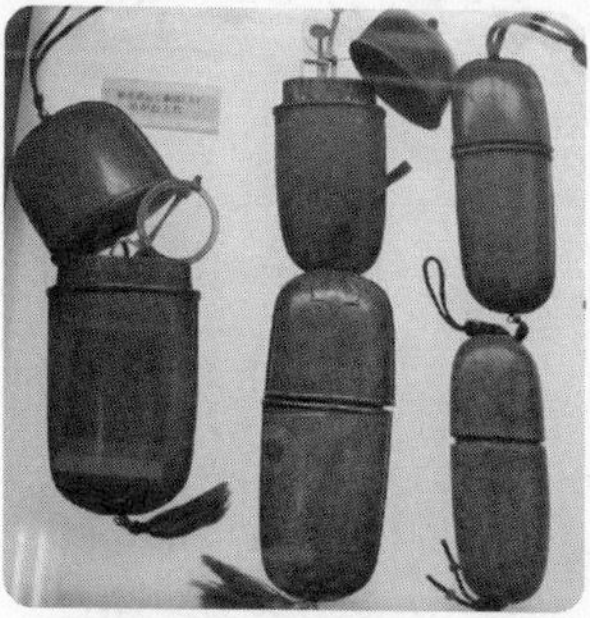

中国製の鮫皮めがね入れ

昔のプレス機。5センチ四方ぐらいの面積に、約250トンのパワーがかかる

とガラスケース越しに眺めていたら、

「このめがね入れは、決してお持ち帰りにならないように。私、とっても気に入ってるので」

と、榊さんは真面目《まじめ》な表情のまま茶化すのであった。「次に、こちらのめがねをご覧ください」

「とても小さいですね。ほかのめがねと比べて、三分の二ぐらいのサイズしかない。子ども用ですか？」

「特攻隊が、敵の船に突っ込むときに持っていっためがねです。上空から船を見つけるのが仕事なので、サングラスが必要だろうということで支給された。戦争中に作られたものだから、材料をケチるために小さいめがねなのです」

「そうだったのか……」

「二度はかけないから、弱いめがね。二、三回かけると必ず壊れるようなものです。たぶん、これも福井県で作られたのでしょう。私たちは、『めがねは壊れてはいけない。喜んでもらえるものを作ろう』と先輩がたから習っているから、これはめがねのなかには入れたくないめがねです。こんな悲しいめがねは、もう作りたくありません」

「本当ですね……」

めがね職人として誇りを持っている榊さんにとって、特攻隊のめがねは、つらく、めがねとそれをかける人間への冒瀆《ぼうとく》だと感じられるものなのだろう。静かだが、強い覚悟と決意のこもった言葉だった。

しんみりしたムードが流れたそのとき、おもむろに榊さんが言った。

「私の足は、限界に近づいている」

「限界!? 大丈夫ですか!」

「そこの椅子《いす》に座りましょう。そのまえに、ちょっとトイレ行かせて。あと十分は保《も》たないと思う」

「大変！　どうぞ、どうぞ行ってください！」

記録用に装着してもらっていたピンマイクを慌ててはずし、榊さんをトイレへとうながす。なんと責任感の強いかたなんだ。尿意を極限まで我慢して、説明をつづけてくれていたとは……！

すっきりした表情で戻ってきた榊さんは、椅子に腰かけ、今度はめがねのお手入れ法について教えてくださった。

それによると、めがねをいきなりめがね拭きで拭いてはいけないのだそうだ（まんまとやってしまっていた……)。砂埃《すなぼこり》でレンズが傷つかないように、まずは水で流すのがいい。めがね拭きも、こまめに石鹸《せっけん》で洗うようにしましょう。

また、レンズにかかっているコーティングは、温度と塩分に弱い。

「サウナでめがねをかけてるひとがいたら、『かわいそう』と思ってあげて」

と、榊さんは悲しげに言った。めがねがかわいそうなのか、めがねのコーティングがはげてしまうひとがかわいそうなのか、どちらとも取れる口調だった。

「それからね、めがねのネジは左側がさきにゆるむってご存じ？　ネジはすべて、右にまわして締めるようになってるから、左側のテンプルを畳んだり開いたりするたびに、ネジをゆるめているのと同じなのです。だから、ゆるんだなと思ったら、すぐにお店へ行って締めてもらってください」

榊さんは、ネジがゆるんでいるかどうかをたしかめる方法も教えてくれた。左右のテンプルを開いた状態で、テンプルが垂直に立つ形でフレームを持つ。そのまま、左右に振ってみよう。テンプルが動かなければ、ネジはちゃんと締まっている。

Fさんと私は、各々のめがねでさっそく試してみた。Fさんのめがねは、顔からはずしたとたん、パタッとテンプルが閉じた。おい！　ゆるい云々《うんぬん》を超えて、ネジの存在自体が疑われる次元だぞ！

「問題外だね」

と、あきれ顔の榊さんに、

「お恥ずかしい。締めつけ感がなくて、これぐらいがちょうどいいかなーと……」

と、Ｆさんはしどろもどろで釈明するのであった。

では最後に、めがねのしまいかたについてうかがおう。

「めがねを畳むときは、左のテンプルからさきに折ること。そのほうが薄く畳めるように作ってあります。そして、ここが肝心ですが、かけてないときにめがねは壊れる！（↑箴言《しんげん》だ）必ずケースに入れてください。ケースは、あなたがたの体重に負けないようにできている！（↑箴言だ）」

「……それはどうかな、大丈夫でしょうか」

「大丈夫。以前、この話をしたら、若い女性が鞄《かばん》から自分のめがねケースを出しました。なかにはもちろん、めがねが入っているのです。そのケースを彼女、一生懸命踏んだ！（↑箴言……ではないな、これは）」

「えー！」

「ケースはつぶれたけど、めがねは助かってました。だから充分に大丈夫だと思う」

「聞いていて、私の肝がつぶれましたよ。実証精神に富んだひとですねえ」

「私も汗が流れたね。私の発言のせいで、めがねが壊れたら大変だと思った」

いついかなるときも、めがねの心配をする榊さんなのだった。いくら頑丈だとはいえ、当然ながらめがねケースが壊れることもあるので、みなさんは踏まないでくださいね!

現在のめがねは、工場でプレス機を使って作られるものが大半だ。プレス機には、以前は安全装置がついていなかったので、指ごとつぶされてしまう職人さんも多かったらしい。榊さんは、手作業とプレス機の両方をしたことがある世代のかただが、指はすべて健在である。

「だから、友だちが私の手を見て、『おめえ、本当にめがねの仕事してるんか?』と、よくからかってきたものです」

「なんてハードな世界なんだ……」

私は榊さんの指導のもと、細い鉄の棒で金属フレームをこすっているところだった。フレームの表面を磨くため、昔はこういう方法を採っていたのだそうだ。特に金無垢《きんむく》のめがねなど、高価な素材の場合、表面を削って磨く機械を使うことができない。削ったぶんだけ、金が減ってしまうからだ。

「根気がいりますね」

「もちろん、根気がいらない作業はなかったです。いまみたいに優秀な機械がなかったから」

榊さんはなつかしそうに、愛《いと》おしそうに、手作業の時代に使った道具を眺めていた。

榊さんにお礼を言い、ミュージアムフロアを辞して、一階エントランス奥にあるめがねショップへ向かう。

白を基調としたオシャレな空間に、ぬおお、ものすごい数の最新めがねが展示されている！　色も形もさまざまで、とってもきれい。お店というより、SF世界の美術館といった感じだ。実際にめがねをかけてみてもいいのだろうか？

「もちろんどうぞ」

池戸寛美《いけどひろみ》さんが、棚からめがねを取ってくださった。気になっためがねをあれこれ試してみる。どれも軽くて、かけ心地《ごこち》がよく、デザイン性に優れている。

このめがねショップには、鯖江をはじめ、福井県内のメーカー四十社が作った最新めがねが、なんと約三千本も展示されている。気に入ったフレームがあったら、ショップにいる専門スタッフが詳細に測定し、眼鏡処方をしてくれるので、度の合ったレンズとともに購入できる。

福井県内のめがねメーカーは、海外の有名ブランドのフレームづくりを受注することが多いし、自社ブランドを持っている会社もある。そのため、デザインはもとより新素材の開発も各会社で盛んに行われている。商才はもちろんのこと、職人技&美的センス&工業&工学&化学といった感じに、めがねメーカーにはさまざまな技術や知恵が要求されるようだ。毎年、世界各地でめがねの見本市が開催され、福井県のメーカーも積極的に自社ブランドの売りこみをかけている。めがねフレームの品質が高く、デザインもいいと評価されているそうだ。

めがねショップには、チタン、カーボン、ジュラルミン、金無垢や18金などなど、素材だけでも数えきれないほど、いろいろな種類のフレームがある。たとえば、セルロイドは作る過程

めがねショップです。欲しいめがねがたくさんありました！

で発火しやすい素材で、ヨーロッパでは製造禁止なのだそうだが、福井県にはいまもセルロイドめがねを作っているメーカーが存在する。優秀な職人さんがいて、万全の態勢を敷いているから可能なことなのだとか。セルロイドのレトロな質感が、お客さんに大人気らしい。

素材が多様だからこそか、色や形も本当にさまざまだ。繊細な彫金が施されたもの。鼻あてが鼻ではなく、こめかみ部分にくっついているもの。テンプルのつけねがバネみたいにぐるぐる巻きになっているもの。椎間板《ついかんばん》と軟骨をヒントにした、テンプル部分がしなるもの。しなるといえば、ゴムメタル（ゴムのようにやわらかい、チタンの化合物）を使ったテンプルもすごくて、「びよよよよょょょーん」としなりまくる。見たことのないデザインと物質のオンパレードで、「うおお、これはなんですか!?」と興奮しまくってしまった。

畳むと長財布に入りそうな薄さの老眼鏡や、なつかしの丸めがねも、人気が高いそうだ。サングラスのデザインは特に遊び心満点で、フレームに猫耳がついているものがあった。サングラスを頭上に押しあげたとき、猫耳のカチューシャをつけているように見えるというわけ。ゴツいおじさんがこのサングラスをしていたら、かわいいだろうなあ。

はっ、いかん。今回は、めがねショップで商品を買うのが目的ではない。体験工房（こちらは有料）で、めがねを自作するのだ！　福井県産のめがねのアンテナショップは、東京の南青山《みなみあおやま》にもあるので、お近くのかたはそちらを訪ねてみるのもいいだろう。きっとお気に入りのめがねが見つかるはずです。

「自作めがね用のレンズを選びたい」と言ったら、専門スタッフである池戸さんが、丁寧に測定と眼鏡処方をしてくださった。私は軽度の近視に、軽度の乱視が交じっているのだが、測定の結果、なんと微妙に視力がよくなっていました。

「やったー！」

「……三浦さん、申しあげにくいですが、軽度の老視がはじまっています。そのため、手もとあたりが少しだけ見えにくくなった反面、遠くが少しだけ見えやすくなったのです」

「ろうし……。それはつまり、老眼ということですか？」

「……そうです」

「……」

「……」

道理でなあ、このごろ仕事してるときに、ちっちゃい文字が見えないなと思ってたんだ。ぐすんぐすん。

パソコンや手もとの紙を見るのにちょうどいい度のレンズを、池戸さんに選んでいただいた。これで当面、老眼よドンと来いだ。ぐすんぐすんぐすん。

Ｆさんはサングラスを自作するとのことで、測定ののち、度入りの色つきレンズを選んだ。レンズの色も、何種類も取りそろえられている。Ｆさんは薄い紫にした。とてもきれいで、上品な色だ。

めがねづくり体験は、五時間ほどかかる。ううむ、やはり根気がいるんだな。作業に入るまえにミュージアムショップでお土産《みやげ》を物色し、ついでにビル内のカフェでお昼を食べることにした。

池戸さんが、ミュージアムショップに案内してくださった。ここもまた大充実の品ぞろえで、めがね型のストラップやアクセサリーなど、かわいいものがいっぱいだ。おお、めがね型のクッキーもある！「会社へのお土産によさそうですね」とＦさんと眺めていたら、

「これ、ほんっとに硬いので、食べるときに気をつけて」

と、池戸さんが言った。「うちのスタッフ、歯が欠けました」

「そこまで硬いんですか！」

「前歯を使わず、最初から奥歯で噛《か》むコツをつかめば、大丈夫です」

「む、むずかしいよ、それ……」

「『おいしかったから、取引先にもわけたい』と、あとで大量に注文いただいたり、大好評なんです。ただ、すごく硬い」

「気になる!」

しかし、前歯の裏側に虫歯があるうえに、おやしらずも痛んでいたので、断念した。この原稿を書いているいまも、「やっぱり買うべきだった」と悔やまれてならない。いろいろ目移りしたすえに購入した、めがね型の指輪は愛用中だ。ミュージアムショップの紙袋も洒落《しゃれ》ているので、訪れた際には、ぜひお土産物もチェックしてみてください。

カフェの食事もおいしい。Fさんと私はカレーを食べたのだが、輪切りにしたゆで卵でめがねを表現。飲み物のグラスに添えられたマドラーも、テーブルに置いてある伝票立てもめがね型と、めがねづくし。とても楽しい気分になる。

さて、腹ごしらえも完了したし、いよいよめがねづくりに挑戦だ。

体験工房では、めがね型のストラップを作ることもできるが(予約優先)、より本格的なめがねづくりを希望する場合は、少人数の完全予約制だ。職人さんがつきっきりで教えてくれるから、「自分、不器用なので……」というひとでも大丈夫！

予約をしたら、事前に送られてくるメールを見て、作りたいめがねの型紙を選んでおく。フレーム、テンプルとも、何種類もデザインがあるので、じっくり迷おう。

体験工房の壁際には、お札《さつ》ぐらいのサイズのプラスチック板がずらりと並ぶ。アセテートという加工しやすいプラスチックで、色も柄もバラエティに富んでいる。このなかから、フレーム部分とテンプル部分に使いたいものを自由に決められる。

おおいに悩んだ結果、私は、フレームは虎柄《とらがら》、テンプルは紅白の市松模様にすることにした。せっかくオリジナルめがねを自作できるのに、なんでそんなトンチキな組みあわせを選ぶんだ。いや、仕事中に自室で使うめがねだし、ちょっと遊び心があるほうがいいかなと。Fさんはサングラス用として、フレーム、テンプルとも、ごく薄い黄色に、刷毛《はけ》でしゃしゃしゃっと刷《は》いたような黒い模様が入ったものを選んだ。レンズの色とも合いそうだ。

我々を指導してくださるのは、株式会社サンオプチカルの代表取締役、竹内公一《たけうちこういち》さんだ。竹内さんは家業のめがねメーカーを継いだので、社長でもあり、若いころから修業を積んできためがね職人でもある、というかただ。とてもダンディで、当然のことながら、自社で製造したかっこいいめがねをかけておられる。お嬢さんの結婚披露宴では、お色直しに合わせ、竹内さんも三本のめがねをかけたのだとか。花嫁の父が（めがねの）お色直しって、はじめて聞いたよ！

前掛けをつけて、作業台へ。選んだプラスチック板に、フレームとテンプルの型紙を貼りつける。竹内さんが、フレームの輪っか部分に小型ドリルで穴を空け、そこに糸鋸《いとのこ》を通してくださった。あとは型紙どおりに、ぎこぎことフレームとテンプルを切りだしていく。

と、書くのは簡単だが、なめらかなカーブに沿って糸鋸を操るのはむずかしい。車と同じで、糸鋸は急には曲がれないのである。そういえば私、糸鋸を使うの、はじめてだ……。急な角度で切りこんでしまって、にっちもさっちもいかなくなること無数回。そのたびに竹内さんが手助けしてくれた。私に対しては岩石のごとく頑固だったプラスチック板だが、竹内さんの手にかかると、モーゼのまえで割れた海のようにあっさりと言うことを聞く。プラスチック板よ、ずいぶん態度がちがうではないか。

「なあに、慣れですよ」

と竹内さんは笑う。「プラスチック板をしっかり押さえるのがコツです。指の力が必要なので、若いころは指立て伏せをして鍛えました」

指立て伏せ!?　驚いて竹内さんの手を見ると、たしかにすべての指の第一関節が太くなっている。おお、職人さんの手だなあ。

私の場合、異様に時間がかかったが、なんとかフレームの輪っか部分をくりぬくことができた。棒状の金属ヤスリとサンドペーパーを使って、断面をなめらかに整える。しこしこしこしこしこ（ヤスリとサンドペーパーを駆使しております）。

「竹内さんは子どものころから、おうちのお仕事を継ごうと決めてらしたんですか」

「職人さんたちの作業を身近で見ていたので、自然とめがねづくりに興味は湧《わ》きましたね。ただ、名古屋の大学に入ったんですが、そのころはバンドでドラムをやってたなあ。寮暮らしで、適当にみんなでなにか作って食べてたけど……。そういえば野菜を買った記憶がないな」

「寮生のだれかしらの家から、野菜が送られてくるからでしょうか」

「いや、寮のまえにある畑から、勝手に取ってきて食べてた」

「だめじゃん！」

「食べ盛りの男子学生が、どんどん野菜を拝借しますからねえ。さすがに畑の持ち主も真相に気づいてたはずですけど、なにも言われなかったなあ。のどかな時代だったから。そうそう、酔っぱらっては、真夜中の名古屋の大通りで、みんなでストリーキングもしてました」

「なんでストリーキングを⁉」

「はやってたんですよ。のどかな時代だったから」

まじか！　会話の合間にも、私の雑な作業ぶりを職人技でフォローしてくださるのに、なんでも「のどかな時代」で片づける竹内さん。繊細さとざっくりの塩梅《あんばい》が絶妙な、愉快なかたである。

フレームの輪っか部分がなめらかになったら、「溝入れ」を行う。手作業の時代は、「シャチ」を使ってレンズをはめる溝を刻んでいたが、いまは小さな機械で数十秒ですむ。とはいえ、指にまで指紋以外の溝が刻まれてはいけないので、これは竹内さんがやってくださった。

「シャチを使っていたころは、三十分はかかっていましたよ」

フレームの外側部分も、型紙に沿って糸鋸で切りだし、同じくヤスリとサンドペーパーでなめらかに整えます。しこしこしこしこ。フレームとテンプルは、あとで職人さんが合体させ、めがねとして仕上げてくださるとのこと。しこしこしこしこ。

うーん、ヤスリとサンドペーパーを使うのは、たしかに根気のいる作業だが、次第に没頭してきて、なんだか快感でもあるなあ。

「一日中、毎日やるのは大変ですよ」と、竹内さんが言った。「それでも、こうして手を動かすのは、楽しいものですが」

ヤスリがけに関しても、私の不器用さを見かねた竹内さんが助けてくださった。おお、おもしろいほどなめらかになっていく！　ラッキーとばかりに、職人力に頼る軟弱者なのであった。

フレームの断面がすべてなめらかになったところで、竹内さんが「R付け《アール》」をしてくださる。鼻のつけねに沿うように、フレーム中央の横棒部分（ブリッジ）をゆるやかに隆起させるのだ。これは、フレームをドライヤーであたためてやわらかくし、真鍮《しんちゅう》の型に入れて万力で締めあげることで成形する。

つづいて、鼻あてをつける。透明のミニ空豆のようなものをふたつ、溶剤で接着するのだ。どの位置につければいいか、素人《しろうと》にはよくわからないので、これも竹内さんが行う。竹内さんはフレームを私の顔に軽く当て、「うん、このへんだな」と、ちゃちゃちゃっと鼻あてをつけてくれた。あとは、溶剤が乾くまで放置しておけばよろしい。

めがねづくりの工程

糸鋸でフレームの輪をくりぬく。ぎこぎこ

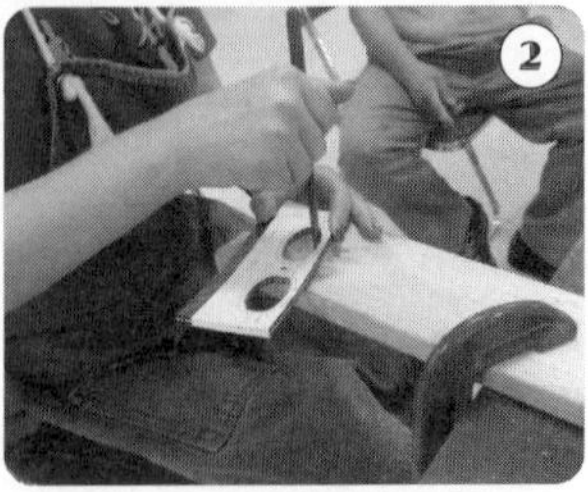

断面をヤスリでなめらかに。しこしこ

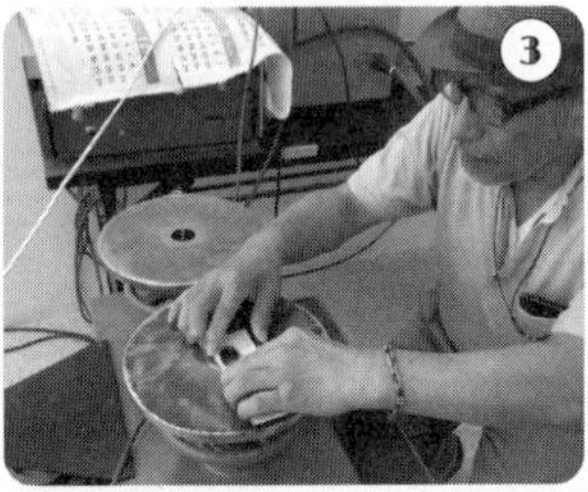

竹内さんが専用の機械で溝を刻む。あっというまです

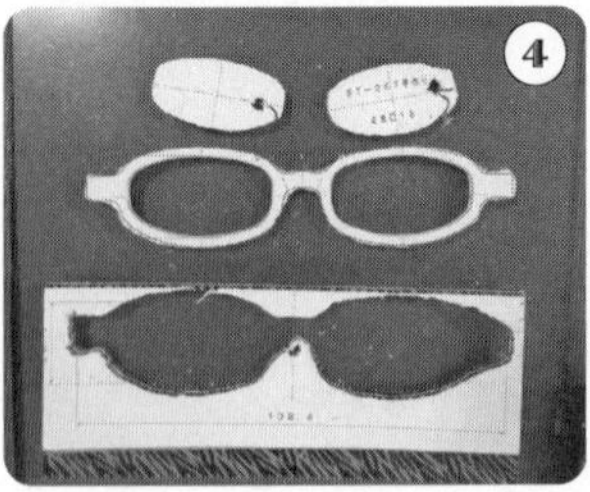

めがねフレーム三段活用(?)

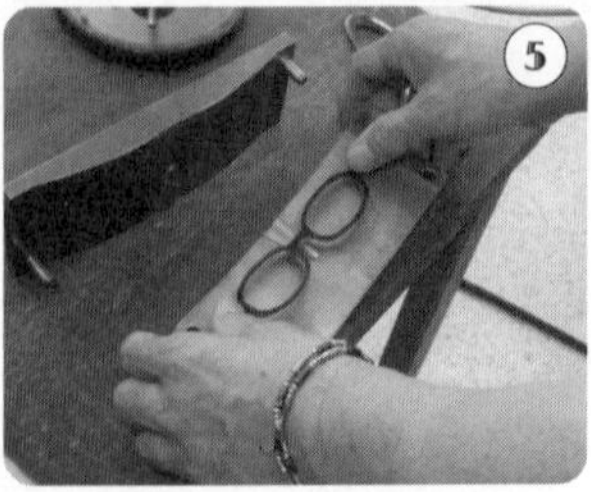

ブリッジ隆起用の型にセットし……

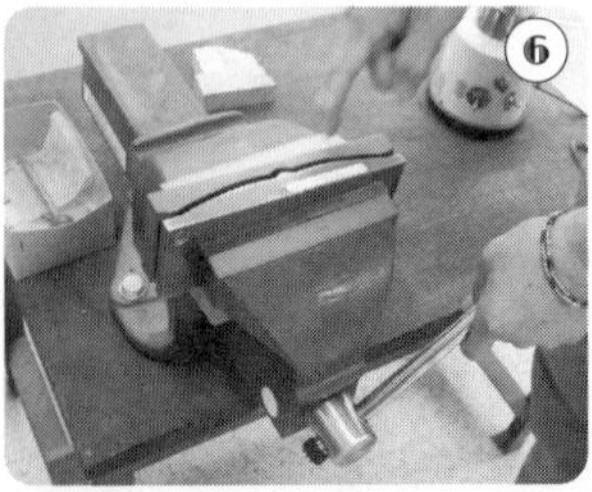

万力で締めあげます

テンプルも、ぎこぎこ&しこしこ

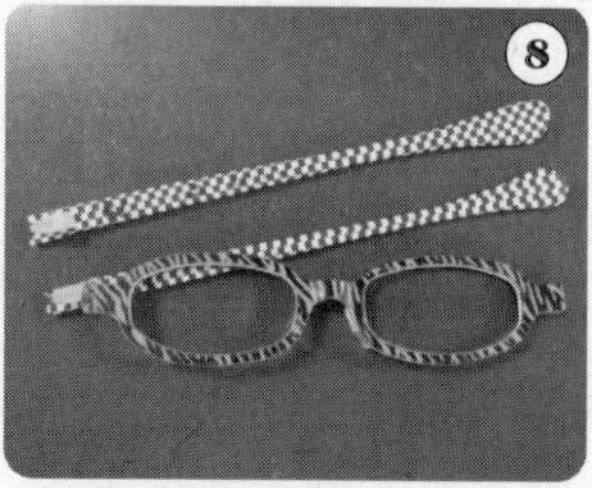

作業完了です！　うれしいな

約1カ月後、完成品が届く。素敵な仕上がり！　板の余白部分でフレームとおそろいのバングルも作ってくださいました

そのあいだに、テンプルに取りかかります。これも糸鋸で切りだし、ヤスリとサンドペーパーで整える。輪っかがふたつもあるフレームに比べれば、テンプルなんてただの棒だ。楽勝、楽勝。と思っていたのだが、そうは問屋が卸さなかった。こうやって自分で作ってみると、めがねがいかに複雑かつ流麗なカーブで構成されているかがわかる。かけたときに負担にならず、デザイン性にも優れためがねは、先人たちの知恵と技術の結晶なのだ。

「竹内さん、どうしましょう（しこしこしこしこ）」

「夢中になってヤスリをかけた結果、片方のテンプルだけ、ものすごく細くなってしまっていることが判明しました！（しこしこしこしこ）」

どれどれ、と二本のテンプルを手に持って見比べる竹内さん。私も横から覗《のぞ》きこみ、

「でもまあ、いっか。めがねをかけた状態で、左右のテンプルの太さを見比べることができるひとはいませんものね」

と言った。

「それもそうだ」

私の詭弁《きべん》に丸めこまれかけた竹内さんは、直後に、「やっぱり合点《がてん》がいかない」と、太いほうのテンプルに猛然とヤスリをかけはじめたのだった。職人さんの誇りにかけて、「ちぐはぐな太さのテンプル」を許してはおけないと思ったのだろう。

約一カ月後、組み立てが終わり、仕上げが施されためがねが届いた。竹内さんの奮闘のおかげで、とってもうつくしくかわいいめがねになっていた！　わーい！

素人が作ったものとは、だれも思うまい（事実、半分ぐらい竹内さんが作ってくださったわけだが）。Fさんからも、自作サングラスをうれしそうにかけた写真が送

られてきた。おお、似合ってるぞFさん！

虎柄&市松模様のめがねをかけて、この原稿を書いている。筆が進む（気がする）！　よーく見ると、左右のテンプルの太さが微妙にちがうめがね。鯖江で出会ったみなさんとの思い出がつまった、大切な宝物となった。

◎文庫追記：めがねミュージアムは二〇一六年にリニューアルし、ビルの三階から一階（めがねショップコーナーの向かい）に移動した。榊幹雄さんは退職され、現在は案内人のかたがおらず、基本的に自由見学となったとのこと。その点は残念ではあるが、ぷらっと入ってもわかりやすい展示になるよう工夫し、企画展のコーナーも新たにできたそうだ。ぜひ現地に足を運んでいただきたいが、榊さんが出してくれたクイズの答えを、念のためここに記しておこう。

十六世紀のヨーロッパでできた、いまと同じような形のめがねは、なんのために作られたものだったでしょうか。

答え：風よけやゴミよけのため。日本にもわりとすぐに入ってきたそうです。

ガラスがなかった時代に、レンズとして使われていたものは？
答え：水晶。三千年ほどまえから、水晶のレンズがあったそうです。

さて、めがねミュージアムの現状に話を戻そう。カフェでは、カレーなどの食事類はなくなり、飲み物とケーキなどのスイーツ類のみを提供しているとのこと。このスイーツ類は、鯖江市内のケーキ屋さんから週替わりで取り寄せているそうだ。じゅるり。

ショップのお土産物は、いまも変わらずオシャレで充実しているもよう。そういえば、本文で触れた「歯が欠けるほど硬いめがね型のクッキー」。単行本の刊行当時、できあがった本を池戸寛美さん（現在は退職された）に献呈したら、「お礼に」とクッキーをお送りいただいた。ありがとうございます！　アドバイスを思い出し、なるべく奥歯で嚙み取るようにして食べたところ、たしかに（硬いが）おいしかった。素朴でなつかしい風味で、なおかつコクがあり、しかし現代風に甘さ控えめ。飽きがこない味で、ぺろりとたいらげてしまった。なるほど、これは人気になるなと納得だ。お土産にぜひどうぞ！

data

めがねミュージアム

開館時間★10時～17時（めがねショップのみ19時まで営業）　休館日★年末年始　入館料★無料　問い合わせ先=TEL：0778-42-8311　福井県鯖江市新横江2-3-4　めがね会館　HPあり

ぐるぐる寄り道編

岩野市兵衛さん

気骨の紙漉き名人を訪ねて

福井県は手工業が盛んなようで、めがねだけでなく刃物や和紙の生産でも有名だ。

ふうむ、和紙か……。日本製紙石巻《いしのまき》工場で、大規模な機械を使った紙の生産は見せていただいたが、手漉《てす》きの和紙をどうやって作るのか、よく知らない。せっかく越前《えちぜん》和紙の産地に来たのだから、見学してみよう！

というわけで、鯖江《さばえ》市の「めがねミュージアム」へ行ったあと、お隣の越前市にある九代目岩野市兵衛《いわのいちべえ》さん宅へお邪魔した。

岩野さんは生漉奉書《きずきほうしょ》の職人さんで、人間国宝だ。生漉奉書とは、楮《こうぞ》百パーセントの奉書紙のことだ。奉書紙は、もともとは天皇や将軍が公文書などに使用した紙で、上質の楮で漉く。現在は主に版画に使われる、最高品質の和紙なのだ。ちなみに、楮に麻も混ぜると、日本画に向いた和紙になるのだとか。

ＪＲ武生《たけふ》駅（鯖江駅の隣）からバスで三十分ほど（タクシーなら十五分ぐらい）の場所に、「越前和紙の里」がある。ここには、「紙の文化博物館」「卯立《うだつ》の工芸館」「パピルス館」という三つの建物があって、越前和紙の歴史が紹介されていたり、紙漉き体験ができたりする。

編集Ｆさんと私が和紙の里に着くと、ほどなくして、待ちあわせをしていた岩野さんがブィーンと車で迎えにきてくださった。一九三三年（昭和八年）のお生まれとのことだが、とてもお元気で、ドライビングテクニックもたしかなものだ。

岩野さんのご自宅兼仕事場は、和紙の里から少し山のほうへ入ったところにある。清流沿いに家々が並び、そのすぐ裏には緑の山が迫った、うつくしい里だ。

岩野さんによると、和紙を作るのに必要なのは、「水とやる気。水が一番大事」なのだそうだ。

「水は軟水の中性がいい。中性っていうのは、アルカリ性とか酸性とかの中性ね。越前市が和紙の一番大きな産地として生き残っているのは、いい水があるからではないかと思います」

岩野さん宅の敷地は広々としていた。母屋のまわりに、和紙づくりのための作業場がいくつか建っており、裏の山から湧き水を引いている。

お庭というか畑も広い。大根やら水菜やら、いろいろな野菜を育てているようだ。

「なんでこんなに敷地が広いかっていうと、昔は紙を天日乾燥していたからです」

漉きあがった紙は、皺《しわ》にならないようぴっちりと板に張りつけられる。その板をお日さまのほうに向くよう立てかけ、乾燥させていたのである。

「梅雨《つゆ》もあるし、冬はよく乾か

お邪魔したときは一家総出で「塵選り」（後述）の真っ最中。この工程でももちろん、湧き水を使っています

んでしょ。そういう時期は、『室乾燥《むろ》』といって、あたたかい部屋に入れて乾燥させなきゃいけない。天日乾燥の場合は、重たい板を屋外に出したり入れたりするのですが、ご老体には大変だから。それでいまは全部、室乾燥にしました」

ご老体、と自分で言う岩野さん。お茶目だ。

「なるほど、天日干ししていたスペースを畑に転用したんですね」

和紙を乾燥させるための板には、イチョウの木を使っているのだそうだ。

「このイチョウ板は、五十年使っていてもすべすべのままです。杉の木とかだと、すぐ年輪が上がってしまう」

「年輪が上がる」とは、年輪が浮きあがるということだ。すると板の表面がぼこぼこし、張りつけた紙にも凹凸《おうとつ》が写って、乾燥したときにぼこぼこした和紙になってしまう。ピンとしたなめらかな和紙を作るためには、すべすべしたイチョウ板を使うのがベストなのである。

「川小屋」と呼ばれる作業場に入ると、一家総出で「塵選り《ちりょ》」をしているところだった。和紙の原料となる楮から、細かいゴミを取り除く作業だ。煮た楮を「ソウケ」というビニール製のザルに入れ、水にさらしながら、繊維に絡んだゴミを手作業で取っていく。根気がいるし、冬場は水が冷たいし、まえかがみになってソウケを覗きこまなければならないしで、かなり大変な作業だとお見受けした。

川小屋には、かわいいインコもいた。むろん、インコは塵選りには参加していないが、愛らしさで人間の心をなごませるという大切な役目を仰せつかっている。

ところで私は困惑していた。岩野さんは丁寧に和紙づくりの工程を説明してくださったのだが、私の理解がまったく追いつかなかったのだ。事前に資料も読んでおいたのだけれど、文字で知るのと実際に見るのとはおおちがい。まずい、なにがどうなって楮が和紙に変身するのか、全然わかんないぞ……。こんなにむずかしい取材ははじめてだ！

私が「？」と思ってることを岩野さんは敏感に察し、

「実際に紙を漉くところを見せられればいいが、今日はそのまえの段階の作業しかしてないからなあ」

と言った。「やっぱりいっぺん、和紙の里へ紙漉きを見にいく？」

「ただでさえお仕事のお邪魔をしているのに、そこまでしていただくわけには……」

「いや、見てきましょ。そのあと、また私のところで番茶でも飲んでって」

　そういうわけで、岩野さんは親切にも我々を車に乗せ、ブイーンと和紙の里まで連れていってくださったのだった。ううう、本当に面目《めんぼく》ない……。

　しかも途中で、神社にも案内してくださった。「大瀧《おおたき》神社」と「紙祖《しそ》神岡《しんおか》太《もと》神社」が並び建つ神社で、岡太神社は紙の神さまを祀《まつ》っている。岩野さんがお住まいの集落は、昭和三十年代ごろまでは紙漉きをするおうちばかりだったそうで、神社はいまも地元のかたがたによって大切にされ、盛大なお祭りも行われる。風格のある神社で、境内には大きな木がたくさん生え、とて

卯立の工芸館で紙漉きの実演をする真柄昂史さん。奥から岩野さんが見守っているので、緊張の面持ち（!?）です

も居心地《いごこち》のいい場所だった。

さて、ダメダメな取材者たる私（インコのほうが百万倍お役に立っている！）は、岩野さんとともに、和紙の里にある卯立の工芸館に入った。ここは、「古式にのっとった越前和紙の紙漉き道具を復元し、工程にしたがって配置した」建物で、職人さんが紙漉きを実演してくれる。

岩野さんは、工芸館にいた真柄昂史《まからこうじ》さんに声をかけた。

「ちょっと紙漉きを見せてあげて」

「えー、やりにくいなあ」

と苦笑いする真柄さん。そりゃそうだ。職人の大先輩かつ人間国宝の岩野さんをまえに、いきなり実演しなきゃならんとは。各方面にご迷惑をおかけしてしまい、

楮。繊維が太くて強く、和紙の原料に向いています。薬品をなるべく使わず楮を白くするには、大変な手間がかかります

「つなぎ」の役目をするトロロアオイの根。水にさらして木槌で叩くと、その名のとおりとろとろねばねばしてきます

ほんとにすみません。真柄さんは突然のご指名にもかかわらず、リズミカルに紙漉きをやってみせてくれました。

岩野さん宅と卯立の工芸館で見聞きしたことから、紙漉きの工程をまとめてみると、以下のようになる。

一、楮を煮る。

岩野さんが漉いた奉書紙は、九割以上が木版画に使われる。よって、発色のいい紙でなければならない。繊維が死んでしまわぬよう、薬品はなるべく使わずにじっくりと楮を煮る必要がある。

岩野さんの場合、乾燥した楮と、楮の重さの十二パーセントにあたるソーダ灰を大きな釜に入れ、四時間弱煮る。その後、火を止め、釜に蓋をして一時間半から二時間弱蒸らす。

二、塵選りをする。

先述したように、煮上がった楮の繊維から、細かいゴミを取り除く。根気……。

三、叩解《こうかい》をする。

塵選りが完了した楮を絞り、ケヤキの板に載せてカシの棒で叩《たた》く。楮の繊維をほぐすためだ。なにも機械がなかった時代は、名人でも一時間半は叩かなければならなかったそうだ。いまは大型の万力のような機械を使って、楮を御影石《みかげいし》のうえで叩くのだが、それでも二十分ほどかかる。岩野さんはさらに、ケヤキの板に楮を載せ、カシの棒でも十分ほど叩く。次に、「ナギナタビーター」という、繊維をほぐす機械にかけて、ようやく叩解完了。

大半のひとは、ビーターだけを使って原料をほぐすのだそうだ。岩野さんが昔ながらの手作業と機械を併用しているのは、「機械だけだと、市兵衛の名に恥じる紙しかできなかった」からだが、それでも大変手間がかかる作業だ。

四、紙だしをする。

ほぐした楮の繊維を目の粗《あら》い布袋に入れ、湧き水にさらしながら手でかきまぜて、でんぷん質を洗いだす。すると、楮の繊維が白くなる。これでようやく、紙漉きができる状態の楮になった。

しかし、水と楮の繊維だけでは、「つなぎ」がない。そこで登場するのが、トロロアオイだ。

五、トロロアオイの根を水にさらし、木槌《きづち》で叩いて粘り気を出す。

うーむ、気が遠くなるぜ……。つなぎの準備も整った。いよいよ紙を漉く。「槽《ふね》」に、楮の繊維と水とトロロアオイのねばねば成分を入れる。槽とは、腰ぐらいまでの高さがある、直方体の風呂みたいなものだ。トロロアオイの粘り気は、温度が高いと弱まってしまうので、どのぐらい配合するかは日によってちがうのだそうだ。「やってみないと、なんとも言えない。むずかしーっ」と、実感をこめて述べる岩野さん。

槽を満たした紙料《しりょう》（液体の原料）を、「桁《けた》」という木枠に「簀《す》」をはめたものでリズミカルにすくう。すると次第に、簀のうえに楮の繊維が絡まり重なっていき、一枚の紙になるのであーる。

岩野さんが使っている簀は、竹製でものすごく目が細かい。「巻き寿司を作るときに使う巻き簀を大きくし、なおかつ極限まで繊細なつくりにしたもの」をイメージしてください。竹をほそーく割り、丁寧に紐で編まれている。しかも、節部分を切り取って、でこぼこがなくなるように接《つ》ぎあわせてある。うひょー、「髪の毛にお経を書く」ぐらいにすごい技だ……。この簀を作れる職人さんがどんどん少なくなっていて、岩野さんは困っておられるようだった。

望んだ厚みの紙が漉けたら、簀ごと台のうえに載せ、簀をめくる。すると台には、漉きたてほやほやの濡れた紙が残るというわけ。奉書紙は、簀に接していたほうが紙の裏面になります。

こうして、何枚もの紙を漉いていく。漉きあがった紙を台のうえにどんどん重ねるのだが、濡れた紙同士がくっついてしまわないよう、ナイロンの糸を手前に挟んでおく。この糸を引くと、紙が一枚ずつめくれるので、先述のイチョウ板に

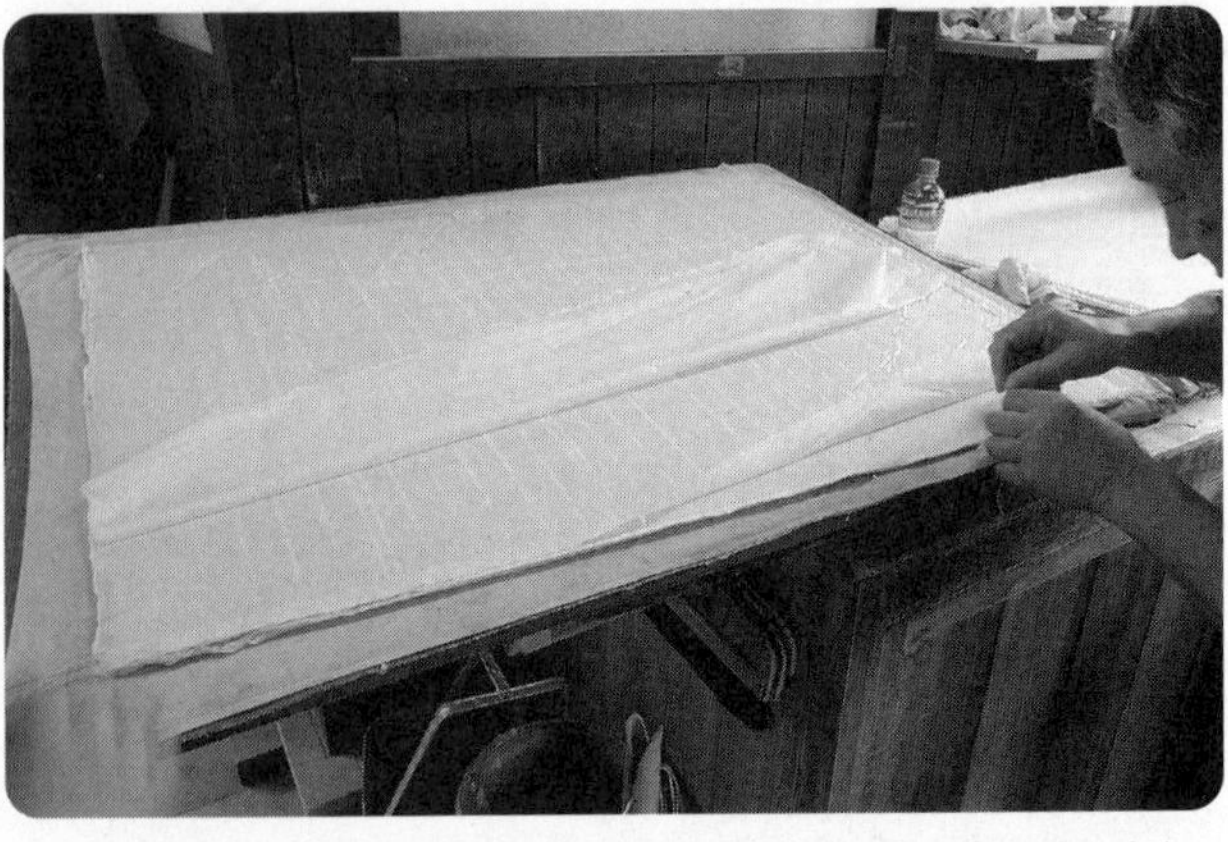

漉いた紙を重ね、上から圧力をかけ水分を絞ると、透けるような薄さになります。湿った紙と紙のあいだの、手前部分に挟んだナイロンの糸を引いて、一枚ずつめくっているところです

張りつけ、皺ができないよう刷毛《はけ》でピンとのばす。紙を張りつけたイチョウ板を室に運び、乾燥させてできあがり。

いやあ、これほど手間と時間がかかるものだとは思っていなかった。岩野さんと真柄さんの説明をうかがい、作業場や紙漉きを拝見して、私はほとんど気絶しそうであった。職人さんたちのものすごい知恵と技術によって、一枚の紙が生みだされるのだなあ……。

しかし岩野さんは飄々《ひょうひょう》としたもので、

「工程、わかりましたか？　じゃ、うちに帰ってお茶飲もうか」

と、ブィーンと車を走らせる。か、かっこいい。

岩野さん宅に戻り、おいしいお茶とお菓子をご馳走になった。なにからなにまで、ほんとにすみません。

ところで私は最前から気になっていた。

「あのー、そこに飾ってあるの、藤田嗣治《ふじたつぐはる》の版画ですよね？」

「うん、うちの紙を使ってくれていたから」

やはり飄々と答える岩野さん。か、かっこいい。岩野市兵衛さんの紙じゃなきゃダメだ、とさまざまな画家や版画家のかたから依頼があるようなのだが、岩野さんはえらぶったところがまるでない。

「こんなことうかがうのもなんですが、岩野さんの紙は一枚おいくらぐらいで手に入れられるんでしょうか」

「サイズや厚みや原料によってまちまちですが、一枚八百円ほどのものもありますよ」

「や、安すぎませんか!? 大変な手間がかかってるのに!」

「もっと高く売ってれば、いまごろクラウンに乗っているのですが」

飄々と言い、お茶を飲む岩野さん。か、かっこよすぎる……! 職人さんの気骨と矜持に心を撃ち抜かれたのだった。

岩野さんは帰りも、バスが通っている和紙の里まで車でブイーンと送ってくださった。岩野さんと岩野さんの奉書紙にめろめろになった編集Fさんと私は、颯爽と去っていく岩野さんの車に、感謝と敬意をこめて自然と深く頭を垂れた。

◎文庫追記：岩野市兵衛さんはお元気にご活躍中で、文庫化にあたっても、卯立の工芸館の館長さんとともに、丁寧に本文の確認をしてくださった。

どうもありがとうございます！

紙漉きを見学し、仔細に工程を説明していただいて、楽しく興味深かったにもかかわらず、なぜこんなにも飲みこみが悪いんだ自分、と反省しきりだったのだが、たぶん理由のひとつは理系の要素が入っているからだろう。「楮の重さの十二パーセントにあたるソーダ灰」……、その時点で思考が停止してしまう。昔のひとは学校で化学を習ったわけでもないはずなのに、いったいどうやってこの製法を編みだしたのか、偉大である。そして古来の製法を受け継ぎつつ、ご自身の経験と研究と工夫を積み重ねて紙を漉く岩野市兵衛さんも、本当にすごい。

「化学式とか、まあ日常では必要ないじゃろ」と、あまり身を入れて学校の授業を聞いてなかったかつての自分に、「そういう問題じゃないんだよ！」と言ってやりたい。しかしいまさら学校に通いたくはないので、「化学　博物館」でネット検索してみたところ、「科学」ばかりがヒットし、「化学」に特化した博物館がないようなのだ。どうして？　化学の実験を来場者に見せるのが困難だし、ときに危険も伴うからか？　化学の知見を深められる博物館をご存じのかた、どしどし情報をお寄せください！

data　越前和紙の里　卯立の工芸館
開館時間★通常9時30分～17時(最終入館16時30分)　休館日★毎週火曜日(祝日の場合は営業)、年末年始　料金★大人200円　問い合わせ先＝TEL：0778-43-7800　福井県越前市新在家町9-21-2

第10館

ボタンの博物館

美と遊びを追求せずにはいられない

二〇一五年九月下旬、「ボタンの博物館」へ行った。みなさんは「ボタン」と聞いて、なにを思い浮かべますか？　お花の牡丹《ぼたん》？　ぷちっと押すスイッチ的なボタン？

いえいえ、そうではありません。洋服につけるボタンです。ボタンの博物館は、この博物館を運営している、株式会社アイリスの大阪営業所内にある（註：章末の文庫追記をご参照ください）。場所は大阪市天王寺《てんのうじ》区で、現代的なオフィスビルだ。ところが、エレベーターで上がった博物館のフロアは、内装がヨーロッパ風で、重厚かつ優雅な雰囲気。「オフィスビル」の一言では片づけられない、奥深い世界を秘めているアイリス大阪営業所なのだった。

では、アイリスとはどういう会社かというと、ホームページの情報によれば、

「ボタン・アクセサリーなどの服飾資材や室内装飾品等の製造」を行っています。

なるほど、だからボタンを収集し、博物館を運営しているのだな。

と思ったのだが、収集の質と量が、こちらの想像を軽く凌駕《りょうが》するぐらいすごかった。アイリスの相談役であり博物館の名誉館長でもある大隅浩《おおすみひろし》氏は、なんと世界でも五指に入る有名なボタンコレクターなのだ！　ボタンの博物館には、大隅氏が集めつづけた古今東西のボタンが、約五千点も収蔵されている！　ちなみにバックルも、二千点（！）ほど集めているとか。到底、すべてを展示することはできないので、たまに入れ替えをしつつ、常時千六百点ぐらいが陳列されています。

これはもはや、「ボタンを作るのが業務の会社だから、集めてみた」というレベルではなかろう。あふれるボタン愛。ボタンが好きで好きで、ボタンの魅力に骨抜きにされていることがうかがわれる。そういうひとたちがアイリスでボタンを作っているのだと思うと、日常でなにげなく使うボタンのひとつひとつが、すごく大切なものに感じられてくる。私の部屋着は、二個ぐらいボタンが取れちゃったままなのだが（裁縫が苦手）、こんなことではいかん！　ボタンについて、この博物館で楽しく学んでみることにしよう。

とはいえ、いきなり千六百個のボタン＆バックルをまえにしたら、人間はどうなるか。よだれを垂らします。だってだって、ものすごーく細工が細かくて、色も柄も材質もうつくしくて、宝石のようなボタンがたくさん並んでいるのですもの。かわいらしいお菓子みたい！　見学するあいだずーっと、「おいしそう……欲しい……おいしそう……」とエンドレスでつぶやきつづけてしまった。

ボタンの博物館は、バックルのフロア（二階）とボタンのフロア（九階）にわかれており、まずは二階で、ボタンの歴史や変遷がわかるVTRを見る。概略をつかんでから実物を眺めると、より興味が湧《わ》くし、楽しさも倍増だ。

VTRの説明によれば、ボタンの語源は、古代ゲルマン語で「花の蕾《つぼみ》」という意味なんですって。ロマンティックだし、形状的にも納得だ。画面には次々にかわいいボタンが映しだされる。編集Fさんと私は、「きれいな飴《あめ》みたい！」「欲しいー！」と、のっけから大興奮。落ち着いて、ちゃんと説明を聞かんか。

食欲と物欲を鎮めるため、館長で学芸員の金子泰三《かねこたいぞう》さんに、さらなるレクチャーをお願いした。金子さんは物腰柔らかな紳士で、当然と言おうか、ボタン愛にあふれたかたであった。ボタンの素人《しろうと》な私にもわかりやすく、熱心に説明してくださる。

「当館は一九八八年十一月二十二日にオープンしました。一八七〇年（明治三年）十一月二十二日、当時の海軍の制服にヨーロッパスタイルのネービールックが正式採用されたのです。その制服に金属ボタンが使用されたことから、日本ボタン業界は、その日を『ボタンの日』としています」

「ふむふむ、『ボタンの日』に合わせてのオープンだったんですね。アイリスはボタンメーカーとのことですが、業務内容を少し説明していただけますか」

「既製服につくボタンの三割ぐらいは、弊社が作っています。ボタンって、素材がけっこうたくさんあるんですよ。貝や水牛の角など、天然素材のもの。プラスチックでも、ポリエステルやカゼイン、アクリルなど、多種多様な材質があり、それぞれ製法がちがうので、素材ごとにボタンメーカーがある。金属のボタンを作るメーカーが、プラスチックのボタンを作ることは、まずないんです。アイリスは、戦後にボタンを作りはじめてからは、どの素材も手がけるようにしたので、総合ボタンメーカーとして大きくなりました」

「アイリスのようにいろんな素材のボタンを作っている会社は、あまりないってことですか？」

「細かく『このジャンルのボタン』というと、ちゃんと

ボタンのフロアで説明する金子さん

した会社がたくさんありますが、総合的なボタンメーカーは数社しかないですね」

「へえ。じゃあアイリスは、いろんな種類のボタンを作れる工場を、いくつも持ってるんでしょうか」

「はい。大きな工場は群馬県太田市《おおた》にあります。太田市には戦前から、中島《なかじま》飛行機という会社があったんですが、第二次世界大戦後に解体された。そのときに職を失ってしまった技術者が、ボタンを作りはじめたんです」

「へぇえ！　飛行機づくりの技術と人材が、ボタンづくりに受け継がれたんですか！」

「日本のボタン産業は戦前まで、基本的には神戸《こうべ》、大阪、奈良、和歌山ぐらいにしかありませんでした。ボタンが海外から伝わったのが、神戸、大阪だったので。いまでも天然素材にかぎっては、奈良がボタンの産地です。貝ボタンだけに絞れば、全国シェアの八十パーセントが奈良県川西町《かわにしちょう》で生産されています」

海がない奈良県で、そんなにたくさん貝ボタンを作っているとは……。ボタンの世界、奥深すぎる。

日本でボタンを工業的に生産しはじめたのは、明治十年代から二十年代にかけてのことだそうだ。文明開化で急速に洋装が増えたのかと思ったのだが、当初は輸出用がメインだったらしい。

「一八六七年（慶応三年）にパリ万博があり、まだ江戸幕府だった日本も参加して、脚光を浴びました。そこから、いろんなものの輸出がはじまるんです。翌年、幕府が崩壊して明治時代になり、廃藩置県《はいはんちけん》や廃刀令があって、武士の力も余るし、刀を作っていたひとたちの技術も、さまざまなものづくりに波及していきました。そのころ日本で作られたボタンやバックルは、おもしろいものが多いですよ」

「江戸時代に技術を培《つちか》った職人さんたちが、ボタンを作るようになったんですね。そういえば和装には、『着ているものをボタンで留める』という概念がないですよね？」

「はい。ただ、帯留めはバックルに近いですし、陣羽織の紐《ひも》なども、発想としてはボタンに通じるものがあります」

「なるほど、たしかに……。そもそもボタンって、どこで発明されたものなんでしょうか」

「ボタンには『装飾性』と、衣服を留めるという『機能性』の、ふたつの側面があります。機能面でいうと、ボタンホールで留めるタイプのボタンを使いだしたのは、西アジアだと言われています。そのまえから歴史があったとしたら、中国ですね。

チャイナ服にはボタンホールはないけれど、紐が丸まったようなチャイナボタンがついていて、ループで留めるでしょう。ボタンホールが西アジアからヨーロッパに伝わったのは、十二、三世紀。十字軍がきっかけです」

「意外と遅いですね」

「はい。古代ローマの服装は、肩から『トーガ』という布をかけただけで、袖がないですよね。十字軍もそんな感じの恰好《かっこう》だったんですが、遠征したさきの西アジアの人々は、袖つきでボタンホールのある服を着ていた。ワイシャツやブラウスのもとになるものです」

「西アジアのひとたちから見ると、十字軍の服は、『なにそのカーテン！　超原始的、うける！』みたいなことだったんですね。それで十字軍は、『ださいと思われぬよう、ボタンで布を留めなきゃ！』と思ったわけか」

「たぶん……（↑私の妄想に対し、学術的断定は避ける金子氏）。とにかく、十字軍が西アジアのボタン文化をヨーロッパに持って帰るんですが、ボタンホールって一個一個刺繡《ししゅう》する必要があって、手間と時間がかかるんですよ」

「ボタンじゃなく、ボタンホールがネックなんですね」

「はい。結局、ボタンホールを使うタイプのボタンがヨーロッパに広まるのは、十七世紀です」

「では、装飾性の面から考えると、ボタンの歴史ってどんな感じなんですか？」

「飾りボタンのルーツは、古代エジプトの『スカラベ』ですね。コガネムシの形をしたお守りです。頭からお尻まで貫通する形で穴が空いていて、そこに紐を通して服に飾りました。もちろんそれ以前から、人間は狩猟をし、毛皮を身にまとっていたはずです。動物の角や牙《きば》や蹄《ひづめ》など、硬い部分を使って毛皮を留めていたのが、ボタンに進化していったんでしょう。弥生時代に、すでにとんぼ玉があったことからもわかるように、留めることと飾ることは、切っても切り離せない関係にあります」

　なんらかの方法で衣服を留めたほうが、動きやすいし便利だ。そして、せっかく留めるなら、きれいなもので留めたい。

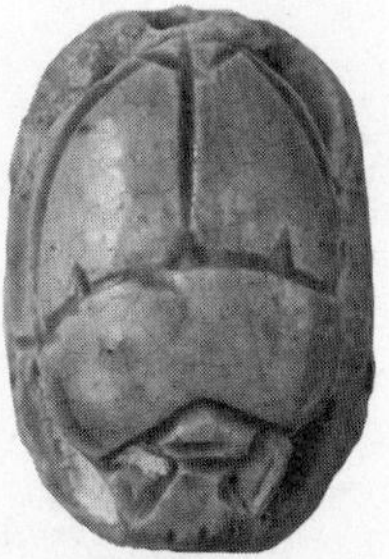
陶器製のスカラベ。
裏面はハンコになっています

青銅製の帯鉤。蛇模様かな？
線の部分は銀色に輝いています

その気持ち、よくわかりますぞ、古代の人々よ……！

　中国・春秋戦国時代の「帯鉤《たいこう》」を見ると、機能性と装飾性が古くから両立していたことが伝わってくる。帯鉤はバックルの原形となったもので、騎馬民族が馬で移動する際、荷物を背負うのに使った。ゆるいカーブを描いた棒の裏側に出っ張りがあり、片端はカギ状になっている。革のベルトに荷物を通し、ベルトの端を帯鉤の出っ張りにはめ、体を一周させる形で、もう一方の端を帯鉤のカギに引っかける。こうすれば、荷物を斜め掛けしたり腰に提げたりできて、馬を操るのに邪魔にならない。

　見事な機能性なうえに、青銅に模様を彫って、溝部分に銀を象嵌《ぞうがん》したものもあるという、装飾性の高さ。すごくおしゃれな模様で、欲しい！　と思った。いかん、また物欲が……。

　むろん、ボタンとて負けてはいない。二階のバックルフロアの一角に、十八世紀後半のフランスのドレスが飾られているのだが、手織りの生地に刺繍やらレースやらがふんだんにあしらわれており、さらにお花のように繊細なボタンがたくさんついている。もちろん、ボタンもすべて手づくりだし、ボタンホールも手縫いです。素敵すぎる……！　欲しい……！

当時、女性がボタンを使うのは、とても稀《まれ》だったのだそうだ。富と権力の象徴として、主に男性が、華やかで凝《こ》ったボタンを服につけていたのだ。

「このドレスを作るには、いまの価格で一千万円以上かかったと思います」

「いっせんまん！」

「しかも、貴族は基本的に、同じドレスを二度は着なかったようですから」

「たった一回の着用のために、いっせんまん！　そりゃ革命も起きるよ！」

それにしても、このドレスを着ていたひと、華奢《きゃしゃ》だったんだなあ……。小柄だし、肩幅もとても狭い。享楽的なフランス貴族よりも肉づきのいい自分を反省したのであった。

二階にはほかにも、謎のおじさん二人（喜劇俳優のローレル＆ハーディか？）が描かれたアメリカ製のバックルや、一九

フランスの豪華なドレス！　現代の女性服とはちがい、身ごろが右前になっています

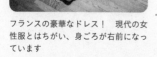

八〇年代にアメリカで作られた特大かぼちゃ型バックルなど、わくわくする品がたくさん展示されている。おおまかな傾向として、アメリカ人はとにかくでかくて陽気なものが好き、ということがわかった。

多種多様なバックルをいつまでも見ていたいが、本丸は九階にあるボタンのフロアだ。エレベーターに乗って、移動しよう。Fさんと私だけでは、「おいしそう、欲しい」を永遠につぶやくのみで、この博物館の真価をお伝えできない。ひきつづき、金子さんにも同行を願った。

「金子さんは、もともと服飾関係がご専門の学芸員さんなんですか?」

「いえ、私はボタンの小売店に生まれまして、ちっちゃいときからボタンでおはじきをしてたんですよ。ボタンのメーカーに就職したり、自分の実家で働いたりしたのち、この博物館でボタンの本を作ることになりました。そのときにいろんな資料を読んで、ますますボタンを好きになり、学芸員の資格を取ったんです」

「えーっ。働きながら資格を取るなんて、すごいですね!」

金子さんのボタン愛がつまった本は、『BUTTON MUSEUM　ボタン博物館』(東方出版)という。収蔵品がカラーでたくさん掲載されていて、そのうつくしさにうっとりだし、図鑑のように説明文も楽しめる。私は博物館の売店で購入して以来、自宅でしょっちゅう、食い入るように眺めています。

「ボタンは、景気とすごく密接に関係しているんです」

と、金子さんは言った。

「ボタンも含め、ファッションとは一瞬の『なにか』です。その時代の人々の気持ちを敏感に反映する。流行は恋愛に似て、熱しやすく冷めやすいとも言えます。たとえば、ワイシャツのボタンのサイズは、国際標準で

「謎のおじさん二人」をはじめとする、バックルの数々。右上は煙草の販促用のおまけ。左下はアールヌーヴォー様式のトンボ柄。右下は七宝焼風。かわいい！

一一・五ミリなんですが、日本ではバブル崩壊以降、コストカットのために一〇ミリになってしまいました。それがいま、一一・五ミリのボタンが、また増えつつあります。男性を選ぶときは、一一・五ミリのボタンをつけているかどうかを見るといいですよ」

「そんな選びかたがあったとは……！　一一・五ミリなら、ケチじゃない男ってことですね。つかぬことをうかがいますが、金子さんのシャツのボタンは……」

「もちろん、一一・五ミリです（厳《おごそ》かに）」

「（きゅん！）だけど、小さいボタンのほうが、加工がむずかしい気がしますが」

「おっしゃるとおりです。一〇ミリが一番安い値段で、それ以下のサイズになると、今度はどんどん価格が高くなります。しかし一般的に、国が派手で元気な状態のときは、ボタンが大きくて装飾性豊かになる。このフロアで、歴史的なボタンをご覧になって、ぜひそのあたりを実感していただければと」

九階のボタンフロアに足を踏み入れた私は、「ふおお！」と感嘆の声を上げた。整然と並んだガラスケースのなかに、ときめくボタンがいっぱい並んでいる……！

「いまの子どもにボタンの絵を描いてもらうと、穴がふたつか四つある丸を描くと思います」

と、金子さんは言った。「でも、そういうボタンは、バブル後の装飾性のないボタンの代名詞なのです」

「ええっ!? 私も『ボタン』と言われると、豚《ぶた》っ鼻《ぱな》のような形状を思い浮かべるんですが」

「表に穴のあるボタンは、縫いつけるのが楽というだけのものです（←装飾性を軽視したボタンに、ややおかんむりなご様子の金子氏）。こちらをご覧ください」

金子さんが示したのは、陶器でできたスカラベだ。飾りボタンのルーツなだけあって、穴は表からは見えない。しかも、裏面はハンコになっているんですって。装飾性が損なわれていないばかりか、機能性もばっちりだ。

では、穴が表に空いたものは皆無かというと、そんなこともない。たとえば、動物の骨製の、ひとの顔面を模したボタン。十九世紀末に中国で作られたものだが、これはなんと、ボタン穴を鼻の穴に見立てているのだ。ううむ、機能性と装飾性の見事な両立。

たしかに、私が見慣れたバブル崩壊以降のボタンとは、遊び心というかボタンにかける情熱というかが、まるでちがう。スカラベも顔面ボタンも、そこはかとなく呪術性が感じられるのがまた、趣《おもむき》深い。ボタンがとても貴重で、思いをこめて手

19世紀、かぎ針編みのボタン。光沢のある薄いアイボリーの糸が使われています

骨製の中国のボタン。鼻の穴がボタン穴！　味があるが、どんな服につければいいのか……

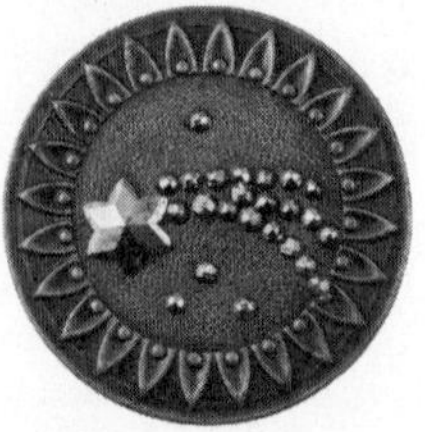

19世紀イギリスのカットスチール製ボタン。彗星が観測された記念に作られたもの

日本の竹製ボタン。これまた細工が細かい！　小さいのに、こんなにきれいに編めるとは

モザイク風ですが、これはガラスを溶かして模様を作っています。ガラスの文鎮と同様の製法

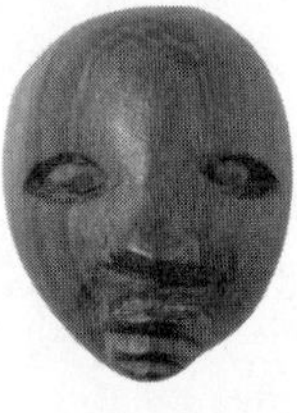

アフリカの木製ボタン。能面にも通じるようなうつくしさと彫りのなめらかさ！

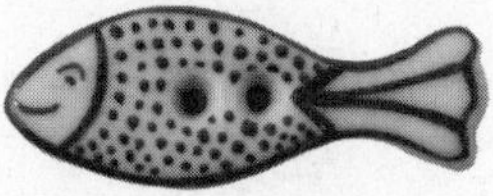

陶器製。1930年ごろの米国ではお魚ボタンがたくさん作られた。表情が抜群です！

日本の象牙製牡丹柄ボタン（シャレ？）。根付を作っていた職人さんの作。裏に「信久」と銘あり

18世紀のミクロモザイクボタン。精巧なうえに、色もデザインも洗練の極み。舐めたい……

20世紀フランスの陶器製ボタン一式。チューリップが徐々に花開く意匠。かわいくて気が利いてる！

薩摩焼のボタン。京の絵師が絵付けしたものもあるそうです。ぼっちゃんがかわいいなづくりしていた時代のものだからだろうか。

家内制手工業の時代に入っても、まだまだ凝ったボタンが多い。十七世紀になると、フランスなどでは国策として、刺繍やかぎ針編みのボタンを作ることが奨励され、ボタン企業が生まれた。だが、企業といっても、すべて手作業。電灯もない時代に、小さなボタンにちくちくと刺繍や編み物を施すなんて……。職人さんたちの眼精疲労は、ただごとならぬものがあったはずだが、「きゃわゆいー！」とむしゃぶりつきたくなるような、ぬくもりにあふれた逸品ぞろいだ。

オーストリア・ハンガリー帝国の将軍が持っていたというボタンもすごくて、金属製の巨大な球である。これはさすがに、ループで留める。ボタンホールに通そうとしたら、服が破れちゃいそうなサイズだからな。銀色で、宝石がちりばめられており、チョコレートボンボンの包み紙を極限まで豪華にした感じ。しかも、帽子につける飾りや、靴の踵《かかと》につけて馬を蹴るための拍車など、ボタンとおそろいの意匠で一式そろっている。将軍、重くて動けなかったんじゃあるまいか……。

「これは大隅が現地で買い付けてきたのですが、当時、ハンガリーはまだ共産圏だったんです。国営の骨董商《こっとうしょう》に代金を渡したら、お札《さつ》を選《よ》りわけだした。『なにしてるんだ？』って聞いたら、『偽札が混じってる』と言う。そこで両替商のところへ行って、『どうなってるんだ』と言ったら、『さあ？　ほんとにうちで両替したんですか？』としらばくれられて、大変だったみたいです」

「そんなに偽札が流通してたんだ……。この博物館にあるような、歴史的価値の高いボタンは、骨董屋さんで買うものなんですか？」

「オークションで落札することもありますし、アンティークボタンの見本市もありますね。ディーラーが五、六十軒ぐらい参加し、ホテルのボールルームを借り切って、世界中からやってくる六百人ほどのコレクターにボタンを売ります。ボタンの場合、コレクターの八割が女性です」

「ちょっと意外ですね。対象がなんであれ、コレクターって、男性が多いような気がしていました。ファッションに関係するし、宝石みたいにきれいなものが多いから、女性が惹《ひ》かれるのかな」

「小さいものなので、集めやすいということもあるかもしれませんね」

「オークションでは、何百万円とかの値段がつくんですか？」

「いえ、百万円を超えることはないと思います。ただ、十万円以上したりはしますね。ボタン一個の値段なんですから、とんでもない金額です」

「……うかがいにくいことながら、こちらの博物館で一番高いボタンは、おいくらだったんですか？」

「六十万円ほどです。薩摩焼《さつまやき》のボタンです」

おいしそうなボタンを眺め、食欲ＭＡＸになっていたせいで、「さつまあげ？」と一瞬思ったのだが、そうではなかった。

幕末のころ、薩摩藩では軍資金調達のため、藩の御用窯《ごようがま》でボタンを作り、海外に輸出していた。白地にうつくしい色で絵付けされた、陶器のボタンだ。抜けるような白さで、貫入《かんにゅう》という細かいひびが入っているのが特徴だそうだ。薩摩焼のボタンは、輸出先のヨーロッパで大人気となり、ジャポニスムのブームを巻き起こした。いまでも、コレクター垂涎《すいぜん》の品らしい。

「すごく大きくて、きれいなボタンですねえ。和装の女性とか、菊や藤やあやめなどが描かれていて、西洋のひとからすると、異国情緒をかきたてられそうな意匠だし」

「当時、ヨーロッパではやっていたのが、ビクトリアン・ジュエリーボタンです」

と金子さんが指したのは、イミテーションの宝石やガラスなどがはめこまれた、大きくてきらきらしたボタンだ。

「わあ、すごい！　欲しい！（↑私はカラスみたいに、きらきらしたものが好きなのである）」

「これがライバルだったので、薩摩焼のボタンも大きく、うつくしい色で絵付けする必要があったのです」

「遠く海を隔てていても、ヨーロッパの流行の動向を、ちゃんと調べていたんですね」

ジャポニスムの盛りあがりを受け、「俺たちも日本風のボタンを作ろうぜ」と思い立ったヨーロッパ人もいたようで、パリで作られたという、富士山っぽい山の絵が描かれたボタンも展示してあった。しかしそこは、現物を見たことがない哀《かな》しさ。むちゃくちゃとんがった富士山になってしまっていて、偽物感が半端ないのであった。

私は、十八世紀のミクロモザイクボタンにも、おおいに惹かれた。息をのむほど華麗なのだ。直径二センチほどの18金の土台に、細かいガラスのかけらをはめこみ（その数、約五百ピースだとか！）、精密な鳩《はと》の絵を描きだす。豪華すぎる金太郎飴みたいで、またも「おいしそう！」と叫んでしまった。

貴族の趣味といえば、狩猟。十九世紀にはやったというハンティングボタンには、獲物のキツネの顔や、愛犬の顔が刻まれている。キツネが妙に写実的で、こわい。

これらのボタンはもちろん、狩猟のときに服につけたのだそうだ。きっと、「そのボタン、もしかして、きみんとこのジョン（猟犬の名前）かい？」「そうさ。先日、特注して作らせたんだ。ジョンのりりしさがよく表現できているだろう」なんて、仲間に自慢したにちがいない。

そういうひとたちなので、ハレー彗星《すいせい》など来ようものなら、当然ながら即座にボタンの意匠にする。十九世紀は、ハレー彗星だけでなく、ほかの彗星もいっぱい到来したらしい。庶民もちょっと背のびをすれば、ボタンを買えるようになっていたから、記念硬貨のボタン版といった感じで、流れ星デザインが大流行したそうだ。

ボタンって本当に、時代や流行や技術をどんどん取り入れるものなんだなあ。さまざまな材質とデザインとアイディアのボタンがあって、飽きることがない。実物を見ると、緻密《ちみつ》な細工や、愉快な意匠や、きらめきが迫ってきて、どんなひとが身につけたのだろうと想像が広がる。

私はボタンの魅力にノックアウトされ、売店でアンティーク風のボタンを何種類も買いこんだ。帰宅してさっそく、「いまいちしっくりこない」と思っていたコートのボタンを、せっせとつけ替える。裁縫に慣れていないので手間取ったが、渋くて風合いのある赤いボタンをつけたら、コートがとってもおしゃれに生まれ変わりました！　勢いに乗って、ずっと取れたままにしていた部屋着のボタンも、ちゃんと縫いつけた。

今回、数々のボタンを眺めながら、つくづく思った。ひとは、利便性だけでは決して満足できず、美と遊びを追求せずにはいられない生き物なんだなと。どうして、そういう心を持って生まれたのか、本当に不思議だ。

だが、美と遊びを求める心があるからこそ、希望は失われることなく、私たちの目に世界は輝いて映るのだ、とも思う。

ボタンは、景気や歴史や文化を反映するのみならず、人間の心の善なる部分を象徴しているのかもしれない。だから、眺めるうちに胸がときめいてくるのだろう。

ときめきが高じて、「おいしそう！」を連発したFさんと私は、串揚《くしあ》げとお好み焼きを食べて大阪の夜を堪能《たんのう》した。ボタンの博物館へ行くと、心身ともに活性化すること請けあいです！

◎文庫追記：ボタンの博物館は二〇一七年十一月二十二日（ボタンの日！）、東京の日本橋浜町《にほんばしはまちょう》に移転し、リニューアルオープンした。展示については、フランス人の著名なボタン研究家、ロイック・アリオ氏が監修したそうだ。

ボタンの博物館はもともと、アイリスの東京本社である「アイリス浜町ビル」に入っていたのだが、建物の老朽化に伴い、私が取材したときは大阪に移っていた。しかし、耐震補強やリノベーションを施し、「ザ・パークレックス日本橋浜町」としてよみがえったビルに帰ってきたのである。ビルをリノベーションするにあたってのアイリスの要望は、「街に開かれたカフェを一階に作り、地域のにぎわいと発展に貢献したい」ということとともに、「ボタンの博物館のフロアが絶対に必要」ということだったそうで、ボタンへの愛と、ボタンを通して人々に美と幸せを届けたいという情熱は、まったくぶれていないようだ。金子泰三さんは二〇一九年に定年退職し、現在の館長はアイリス社長の大隅洋《よう》氏、名誉館長はひきつづき大隅浩氏という布陣だ。とはいえ金子さんも、いまも個人的にボタンの研究と蒐集《しゅうしゅう》をつづけておられるとのこと。やっぱりぶれないボタン愛！

私は取材後、男性のシャツのボタンに気をつけるようになった。だが、素人の目では一〇ミリなのか一一・五ミリなのか咄嗟《とっさ》に見分けられないという罠。「異様に胸もとを注視するひと」と化した。もう性別に関係なく、みんな薩摩焼みたいにおっきいボタンをつけたほうがいいのではないか、と思っている。

ボタンの博物館は完全予約制のため、電話かホームページの予約フォームでお申しこみください。ホームページやGoogleマップでは、館内の様子を三六〇度眺められるようになっています。おお、リニューアル後も変わらぬ、重厚で優雅な雰囲気……！　もちろん、数々のボタンは小さく精巧なものなので、ぜひ現地に足を運んで、仔細にご覧になってみてください。

data

ボタンの博物館

開館日★完全予約制　開館時間★10時～17時
料金★500円　問い合わせ先=TEL：03-3864-6537　東京都中央区日本橋浜町1-11-8　ザ・パークレックス日本橋浜町2階
HPあり

おわりに

博物館をぐるぐる旅した記録は、これにておしまいです。いかがだったでしょうか。

博物館にはどうしても、「お堅い」「お勉強の場」というイメージがあるが、実際に行ってみると、そんなことはまったくない。むちゃくちゃ気合いが入った展示だったり、「どうしてこのテーマを選びなすった？」と謎が謎を呼んだり、博物館自体が一個の人格を帯びているかのように、それぞれが特有の魅力を宿していて、とても楽しい。

一連の旅を通して、博物館の運営にかかわっているかたたちも、すごく魅力的で情熱にあふれていることがわかった。「そうか、だからこそ博物館が、楽しくて充実していてちょっと変（失敬）な施設になるんだな」と納得し、博物館への我が愛

はますます深まることとなった。

旅先で博物館を発見したら、今後もとりあえず入ってみてしまうと思う。「おすすめの博物館情報」をお寄せいただけたらうれしいです。また、「この博物館へ行ってみたくなった」というように、本書がみなさまの楽しい博物館ライフの一助となれば、これ以上の喜びはありません。

取材にご協力いただいた各博物館のみなさま、本当にどうもありがとうございます。わかりやすく熱意に満ちた展示とご説明によって、未知の世界への扉が開かれる思いがいたしました。

コラムでお世話になった、日本製紙株式会社石巻《いしのまき》工場のみなさま、岩野市兵衛《いわのいちべえ》さんとご家族のみなさまにも、心から御礼申しあげます。工場の超巨大な機械（というか、もはや建造物）から、まっさらな紙がみるみるうちに生みだされていくのは、大変胸躍る光景でした。一方で、岩野市兵衛さんの紙のように、昔ながらの製法で手漉きしたものも存在する。目的や好みや美意識によって、だれしもがさまざまな紙を自由に選んで使えるって、すごく大切なことなんだと改めて気づけた。一部のひとしか紙を使えなかったら、思いをひとに伝える機会が大幅に制限されてしまうだろう。紙の世界も奥深いなあ。博物館探訪をきっかけに、新たに気になることがどんどん増えていった。

熱海秘宝館は取材としてではなく個人的に行ったのだが、とにかく明るい濃厚さがすごかったので、再訪したいです。この本を出版したことによって、出禁にならないといいのだが……。

取材には、実業之日本社の藤森文乃さんが毎回、石巻では高中佳代子さんも同行してくださいました。万全のサポート、ありがとうございました！

博物館は「無機質な箱」なんかじゃないんだなと、改めて実感した旅だった。人間の好奇心と、最新の研究成果と、知恵や知識と、あとなんか常軌を逸した（失敬）蒐集癖《しゅうしゅうへき》や執着や愛。そういった諸々の分厚い蓄積を、楽しく我々に示してくれるのが博物館なのだ。金とか地位とか名誉とかではない、「なにか」のために生きる。それが生まれて死ぬ意味なんじゃあるまいかと、各博物館の圧倒的な展示品を見るたび胸打たれ、やけに壮大な物思いにふけってしまった。

そして、そういう展示内容を形づくっているのは、やっぱり「ひと」だ。運営に携わる人々の熱意と、訪れる人々の「知りたい」という欲望が、あふれる愛と情熱となって、博物館の中身を満たしている。

不思議だなあと思う。人間って不思議だ。なぜ、こんなに知りたいんだろう。なぜ、こんなにもなにかを愛し探究するひとがいるんだろう。その不思議がつまっているのが、博物館だ。

だから、博物館が大好きだ。

お読みいただき、ありがとうございました。

二〇一七年三月

三浦しをん

文庫版あとがき

「風俗資料館」の章末でも触れたとおり、文庫化の作業期間は、新型コロナウイルス騒動のさなかにあり、博物館は大変な状況に置かれていた。この文庫版あとがきを書いている時点でも、ウィルスの流行はなかなか終息せず、博物館は感染予防のための工夫をこらしながら、苦心して展示をつづけておられる。

そういう状況にもかかわらず、文庫化にあたって、内容やデータについて丁寧に再確認してくださった各博物館のみなさま、日本製紙石巻《いしのまき》工場のみなさま、岩野市《いわのいち》兵衛《べえ》さんと「卯立《うだつ》の工芸館」さんに、心から御礼申しあげます。取材ではなく個人的にうかがった「熱海《あたみ》秘宝館」に関しては、文庫化にあたっても公式サイトで現状を確認したのみだが、秘宝館イズムが健在らしいのは、該当の章末に記したとおりだ。

博物館は今後、インターネット上でも展示を見てもらえるような方向にどんどん変化していくかもしれない。それも便利で楽しいと思うけれど、やはり実際に博物館に足を運び、現物を眺める驚きや感動は、なにものにも替えがたい。展示物を見て、「予想よりおっきい！（または、ちっちゃい！）」ということはしばしばあるし、展示物が発する息吹《いぶき》は、画像や映像からはなかなか伝わりにくい。それに、博物館やその周辺でおいしいものを食べるのも、現地へ行ってこそできる体験ですしね（食い意地）。現段階では旅をしにくい状況だが、なるべく早く、人々が自由に移動し、ふらっと博物館を訪ねられる世の中に戻るといいなと願っている。

世の中がもとに戻っても、そもそも博物館に行ってる場合じゃない、という地域や人々は世界中にたくさん存在するだろう。戦争や自然災害などによって、博物館と展示物が失われたり危機に瀕したりするケースは、本書でもちょっと触れた。けれど、戦争や自然災害をきっかけとして、過去に学び、経験や知識を後世に伝えようと設立された博物館も多い。そう考えると、博物館はやはり、「平和（あるいは平和を希求する姿勢）の象徴」なのだと思うし、「人間のなかにある美や善や真実を探究しようとする気持ちの象徴」なのだ。博物館が身近に存在し、だれしもがそこを訪れて、楽しく自由に見物したり感じたり考えたりできるというのは、とても大切なことなんだなと改めて感じた。

本書では、各館の学芸員さんに案内をお願いした。でも、「取材」ではなく博物館に行くときは、基本的には案内してくれるひとはいない。「疑問や質問が生じたのだが、どうすりゃいいんじゃ……」と、個人的に博物館へ行った際に、たまに悩んでいたのだが、答えが出た。取材でお会いした博物館のかたはみなさん、「展示を楽しんでくれてるかな」「なにかわかりにくいところはないかな」と、手ぐすね引いて（?）、来館者の反応をうかがっている様子だった。なので、ご安心を。展示室や受付にいる館員のかたに、どんどん質問したり感想を述べたりしちゃいましょう！　場合によっては、館員のかたが奥で作業していた学芸員さんを呼んでくれて、懇切丁寧に説明してもらえたりもします。博物館は、来館者も含めたみんなで作っていくものなので、遠慮せずに質問をして全然大丈夫です。

各博物館と細やかに連絡を取ってくださった担当編集者の藤森文乃さん、単行本にひきつづき、かっこよくユーモラスな文庫にしてくださったイラストレーターの化猫《かねこ》マサミさんとデザイナーの篠田直樹さん、お心のこもった解説を書いてくださった梯《かけはし》久美子《くみこ》さん、どうもありがとうございました。

私はこれからも、いろんな博物館に行ってみようと思っています。ここ何年かで訪れたなかで圧巻だったのは、「福井県立恐竜博物館」ですな。すごい、という噂にたがわず、恐竜が生きていた時代に放りこまれるような、ド迫力の展示だった。そしていま一番行ってみたいのは、北海道の白老《しらおい》にある「国立アイヌ民族博物館」だ。飛行機が苦手なので、やっぱり陸路でにじり寄る所存。もちろん、こういった規模の大きな博物館だけでなく、「旅先で見つけた謎の小さい博物館」にふらっと入るのもオツなものです。

みなさまも、今後も博物館探訪の旅をお楽しみになられますように。「おすすめの博物館情報」、まだまだ募集中ですので、「これは」と思う館があったら、実業之日本社さん宛にお手紙で、メールで、教えていただければ幸いです。書くのが面倒くさい場合は、テレパシーでもオッケー。拙者《せっしゃ》、感受能力を鍛えて情報をキャッチするつもりです。むんむん。

お読みいただき、本当にどうもありがとうございました。

二〇二〇年八月

三浦しをん

解説

梯《かけはし》久美子《くみこ》
（ノンフィクション作家）

博物館と聞くと、むかし学校の先生に引率されて地元のやつを見学したっけ、鳥の剝製《はくせい》が怖かった……と、遠い目をする人もいるかもしれない。一方で、いやいや私は平素より全国津々浦々の博物館に足をはこび、海外旅行ともなれば必ず著名な博物館を訪ねることにしています……という上級者も、もちろんいらっしゃるはずだ。そのどちらに属するかたも、本書を読み終えたいま、深い満足にひたっておられるに違いない。

その頭の中には、出べその土偶《どぐう》やら、蟻《あり》の行進のようなウイグル語のお経やら、ぐにゃぐにゃ曲がるコンニャク石やら、指立て伏せをするめがね職人やら、蚊責めにあう全裸女性やら、六十万円の薩摩焼《さつまやき》のボタンやらが、ぐるぐると渦巻いているのではないか。いまの私がそうであるように。

いやもう本当に、目まぐるしくも胸はずむ読書体験だった。十館（プラス寄り道三か所）の全部が面白い。本書が終盤にさしかかったころ、残り少なくなっていくページを惜しみつつ、しかし私は確信していた。大丈夫、きっとこのほかにも日本のあちこちに、こんなふうに個性的で愛にあふれた博物館が、いくつも存在する。そして、しをんさんや私たちの訪れを静かに待っているのだ、と。

それらを私が実際に訪れる日が来るかどうかは、正直言ってわからない。本書に登場する十の博物館にしても、ぜひとも行ってみたいところばかりだが、現実問題として、おそらく全部は無理なのではないかと思う（弱気ですいません。ちなみに二館は行きました）。

けれども、たとえ一生訪れることがなかったとしても、人間の「もの」に対する天晴《あっぱ》れというしかない執着（それは愛そのものだ）がつくりあげた唯一無二の場所が、この地上に星のように散らばり、それぞれの光を放っていることに変わりはない。それは、なんと豊かな、そして愉快なことだろう。

こんなふうに思わせてくれるのは、やはり三浦しをんという書き手の力である。好奇心のありどころが絶妙で、「そこを突いてくるか！」という意外性がありながら、読んでいくと「そうそう、私もそこを知りたかったのよ」と思わせる。

しをんさんとは、いまから十年ほど前に新聞の書評委員を一緒につとめて以来、現在まで交流が続いている。競馬に行ったりお酒を飲んだりというつきあいのほかに、仕事でも何度か対談をしたことがあるのだが、毎回終了後に、「今日の私、けっこううまく話せたかも」という気分になる。胸の奥のほうに存在したけれど、意識の表面に上がってこなかったあれこれを、気持ちよく話せた満足感があるのだ。

対談というのはぶっつけ本番の出たとこ勝負なので、なかなか難しい。やる気まんまんで臨んでも、やりとりがいまひとつ嚙み合わないことがあるし、その場では盛り上がっても、落ち着いて振り返るとテーマの表面をなでるだけの会話に終わってしまったことに気づいたりする。

活字になると、出来不出来がさらにはっきり可視化されてしまい、なんでもう少し深い話ができなかったんだろうとか、相手の話をぜんぜん引き出せてないじゃないか！　などと落ち込むことも多い。

しをんさんとの対談ではそうした後悔にさいなまれたことがないので、きっと相性がいいのだと思っていたが、そういう単純なことではないことに最近気づいた。しをんさんがほかの人と対談するのを聞く機会が何度かあったのだが、そのときの彼女の質問の中身とタイミングが実にすばらしいのだ。

しをんさんが質問すると、一問一答には終わらない。つまり箇条書きにして整理できるような内容にはならないのだ。つぎつぎに話が展開し、知的な脱線によってしばしばテーマが複線化しつつ、意外でかつ深い方向へと話が進んでいく。はたで聞いていて面白いのはもちろんだが、対談相手の人がいちばんスリリングな快感を味わっているだろうな、と思う。

自分の中にあったカタマリのようなものが、いい具合にほぐされて、風が当たる。そして、そのかけらのいくつかが、思いがけずキラッと光る——私がしをんさんと話しているとき(対談に限らず、ふだんの会話でもそんな瞬間がある)に味わうそんなヨロコビを、この人もいま感じているんだろうな、と思うのだ。

本書を読みながらそんなことを考えたのは、ここに登場する、各館の専門家の方々との対話の中にも、キラッと光るものをいくつも見たからだ。

みなさんはそれぞれがその道のプロフェッショナルであり、説明することには慣れておられると思うが、しをんさんとの対話の中ではときおり、プロとしての冷静さを少しばかり逸脱した、対象物への熱い思いがこぼれ出る。その瞬間、読み手である私たちもそこにいるような気持ちになって、思わず身を乗り出してしまうのである。

本書を読みながら、私も何度か大きく身を乗り出した。たとえば龍谷《りゅうこく》ミュージアムの入澤崇《いりさわたかし》さんとの対話。発掘調査の話、バーミヤンの大仏の破壊の話、偽経の話、復元壁画の話……。ああそうだったのか、知らなかった、面白いなあ——と思いながらずんずん読み進めたが、実はこれらは、素人にはかなり難しい話だ。だが、しをんさんの質問に答える入澤さんの熱い語りに耳を傾けていると、この分野に無知な私も、なんだかとても深いところに連れて行ってもらえたという実感があるのである。

これは、しをんさんが、たとえばアナウンサーやキャスターのように、インタビューの進行がうまいということではまったくない。テクニックではないのだ。好奇心のありどころが絶妙、とさっき書いたが、その陰には、広くて深い知識と教養、そして生き生きした好奇心がある。それらが「お勉強」的なものではなく「愛」からきているのが、しをんさんのすばらしいところである。

恥ずかしながら、私の仕事（ノンフィクションを書いています）も、人に話をきく、ということが重要な部分を占めている。インタビューの極意のようなものはありますかと聞かれることがあるが、そんなときは「ほんとうに知りたいことを質問する」と答えるようにしている。

ほかならぬあなたに、どうしてもこれをききたい、という情熱は相手に必ず伝わるし、なによりそういう情熱がなければインタビューなどやってもしょうがない。

かっこよく言ってしまえば、質問することは、知に対する愛であり、人間に対する愛だ。その愛が本書には横溢《おういつ》している。

博物館はモノが陳列された場所である。しかしもちろん、モノに足が生えて集まってきたわけではない。探して、集めて、調べて、並べて、考えて——。人間のそんな営みを知ることで、展示室に静かにおさまっているモノたちが、饒舌《じょうぜつ》に語り始めるのである。

本書を読んで、私がすっかりファンになってしまった人物がいる。めがねミュージアムの榊幹雄《さかきみきお》さんだ。案内人であると同時に職人でもある榊さんの導きによって、しをんさんと読者は、めがねの深い歴史を知ることになる。

めがねの鼻あてが福井県で生まれたこと、読者のみなさんは知っていましたか？　私は知りませんでした。日本人の鼻が低かったことから生まれた大発明。しかし、福井の人たちは特許を取るのを忘れていたという。なんてもったいない！

「でも、解決法が見つかって、めがねの駄目なところはなくなったのですから、もういいのです」と榊さん。いいなあ、こういう職人さん。

胸が痛んだのは、特攻隊のめがねの話である。特攻機の搭乗員が上空から船を見つけるためにかけたサングラスは、戦時中で物資が不足していたため、材料をケチった小さなものだった。しかも、二度はかけないという前提で作られたから、すぐ壊れる弱いめがねだったという。

「これはめがねのなかには入れたくないめがねです」という榊さんの言葉からは職人の矜持《きょうじ》が、「こんな悲しいめがねは、もう作りたくありません」という言葉からは、人間への慈しみが感じられた。

榊さんの言葉とともに、私は特攻隊のめがねの話を忘れることはないだろう。小さなめがねひとつからも、私たちは、年表や教科書には載らない歴史を学ぶことができるのである。

これからは、博物館に行くたびに、モノの後ろにいる人たちの情熱に思いをはせることになるだろう。素通りすることの多かった（すみません）解説文もじっくり読んで、モノに秘められた物語に耳をすませることにしよう。しをんさん、博物館のみなさん、楽しい本をありがとうございました。

初出誌

第1館　茅野市尖石縄文考古館　「紡」二〇一四年　winter
第2館　国立科学博物館　「紡」二〇一四年　spring
第3館　龍谷ミュージアム　「紡」二〇一四年　summer
第4館　奇石博物館　「月刊　ジェイ・ノベル」二〇一四年七月号
第5館　大牟田市石炭産業科学館　「月刊　ジェイ・ノベル」二〇一四年十月号
第6館　雲仙岳災害記念館　「月刊　ジェイ・ノベル」二〇一五年一月号
第7館　石ノ森萬画館　「月刊　ジェイ・ノベル」二〇一五年四月号
第8館　風俗資料館　「月刊　ジェイ・ノベル」二〇一五年七月号
第9館　めがねミュージアム　「月刊　ジェイ・ノベル」二〇一五年十月号
第10館　ボタンの博物館　「月刊　ジェイ・ノベル」二〇一六年一月号

ぐるぐる寄り道編
熱海秘宝館　単行本書き下ろし
日本製紙石巻工場　単行本書き下ろし
岩野市兵衛さん　単行本書き下ろし

単行本　二〇一七年六月　実業之日本社刊

挿絵　化猫マサミ

本文デザイン　篠田直樹（bright light）

本文写真　石田健一（第2館）

池本　昇（第10館）

実業之日本社文庫 み101

ぐるぐる♡博物館《はくぶつかん》

2020年10月15日　初版第1刷発行

著　者　三浦《みうら》しをん

発行者　岩野裕一
発行所　株式会社実業之日本社
〒107-0062　東京都港区南青山5-4-30
CoSTUME NATIONAL Aoyama Complex 2F
電話［編集］03(6809)0473［販売］03(6809)0495
ホームページ https://www.j-n.co.jp/
DTP　ラッシュ
印刷所　大日本印刷株式会社
製本所　大日本印刷株式会社

フォーマットデザイン　鈴木正道(Suzuki Design)

ISBN978-4-408-55623-9（第二文芸）